「俺達馬鹿は悲劇の姫様(ヒロイン)のために
拳を握るだけだ」
弱小国家の英雄王子
2
最強の魔術師だけど、
さっさと国出て自由に生きてぇぇ！
HEROIC PRINCE
of a weak nation
楓原こうた
イラスト トモゼロ
JN106003

ジュナ・メーガス
エレミス・レティア
セリア
アレン・ウルミーラ

クラリス・バンディール
アイシャ・アルシャラ

「……だって、
最近ご主人様成分があまり
接種できなかったんですもん」

弱小国家の英雄王子 2

～最強の魔術師だけど、さっさと国出て自由に生きてぇぇ！～

楓原こうた

HEROIC PRINCE
of a weak nation

CONTENTS

イラスト／トモゼロ

HEROIC PRINCE of a weak nation MAP

ウルミーラ王国

四方を大国に囲まれた弱小国。目立った資源や名産物があるわけでもなく、領土は他国に比べても小さい。近年、軍部の長に座った『英雄』が最も有名。

ファンラルス帝国

四つの大国の一つ。軍事力に特化しており、大陸随一の兵力を有す。大陸最強の騎士である『剣聖』が最も有名。

ルーゼン魔法国家

四つの大国の一つ。魔法士や魔術師を多く有している魔法至上主義国家。大陸最強の魔術師である『賢者』が最も有名。

イルムガンド神聖国

四つの大国の一つ。教会が国を運営している宗教国家。女神の恩恵を受けた『聖女』が最も有名。

ラザート連邦

四つの大国の一つ。先進的な技術に優れており、技術力は大陸随一。君主はおらず、統括理事局と呼ばれる組織によって方針が決まる。統括理事局の席に座る人々・通称『黒軍服』が最も有名。

プロローグ

はいはーいこんにちはー、新人記者のシャルでーす♪

季節は誰もが舌打ちするような夏のど真ん中。可愛(かわい)い女の子とイケメンムキムキボーイがいなきゃやってらんねぇー海しか取り柄のない季節ですが、私達(たち)記者は年中無休。そろそろ休暇がほしいぞー、ボイコットしてやるストライキしてやるぅー！　なんて愚痴を言えるわけもなく、今日も今日とて皆さんに面白いお話を提供していきますよっ！

というわけで、今回のテーマは『どこの国が一番過ごし難(にく)いか!?』です☆

え？　なんでそんなマイナスな話題を提供するんだ、って？　ちっちっちー、分かってますよそれぐらい。普通は『どこの国が過ごしやすいか!?』ってなると思うんです。けど、それって皆やってますしー、ぶっちゃけ新鮮さがないっていうか？　私は一刻も早くドカンと記事をぶち当てて大金を稼ぎ、仕事を辞めて高身長高収入なイケメンさんと結婚するんですぅー！　夢を見ないテンプレに走った枯れ記者と一緒にしてもらっちゃー困るってもんです！

ってなわけでー、早速各国の国民からアンケートを取ってきたので、ご紹介していきたいと思いまーす。

まずは、神聖国から――


『朝早くに起きてお祈りをする習慣が面倒くさい』

『国の利益よりも教えが優先』

『思想の押し付けが強い』


んー……なんともまぁ、宗教国家らしい不満ですね。流石は宗教だけで国を築き上げた大国といったところでしょうか？

最も平和なお国なんて言われてますけど、まぁ国民全員が熱心な信徒ってわけでもないですし、戦争いっぱいやってますしねー。

例えば元々そこに住んでいた人とか、ちょっとハマっているから無理矢理ゲームの大会に参加させられて引っ越した人とか、そういう人にとっては生活し難い環境なのかもしれません。ちなみに私は価値観の押し付けとかの束縛えぬじーです。宗教なんて現実に満足してない人が夢を見るために勝手に祈るものじゃないですかー、現実逃避の延長線なんて勝手に引いてろって感じです♪


はてさて、続いては連邦――

『違う国の人間と一緒にいるなんてやだ』

『文化の違いがあって同じ国の人間とは思えない』

『上が何を考えているのか分からない』


まぁ、こちらも大国らしい不満ですね。

大陸一の先進国。一世代先を歩く技術力……とは言いますが、小国が集まってできた国だけあってまだまだ環境に統一された感がないってところです。とはいえ、気持ちは分かりますよ……私だって「今日から新しい家族ね！」ってお母さんがお義父さんと義理の息子三十人連れて来たら嫌ですもん。え？　そのたとえはなんか違うって？

じゃあ、寄せ集めで初めましてのサッカーチームが世界トップクラスのチームになっちゃって解散したくてもできない状況……でいいですかね？　私の語彙力に茶々入れないでくださいよ、まったく。

えー、続いては帝国――


『戦争ばっかりでどんどん人が死んでいく』

『頭が固い人ばっかり』

『なんでもかんでも暴力で解決しようとする』

……まぁ、大国は大国らしい悩みが生まれるというかなんというか。

武力で大国まで至った国はやっぱり脳筋思考なのでしょうか？　パンがなかったら隣の人を殴って奪えばいいじゃん、的な？　最近は継承権争いもあって皇室が荒れているみたいですし、少なからず国民が巻き込まれ事故に遭っていることもあるんでしょうけど。

個人的には帝国の第一皇女様が超綺麗ですので、そっちの陣営さんに勝ってほしいものです。フラグにならないでくださいよ？

ちなみにですね、今回ちょっと意外だったのがあの弱小国家なんですよ。

なんと、これといった面白い不満はまったくなしです！　凄くないですか、私ちょっと記者として面白みなくてブーイングしたいんですけど！

まぁ、もちろん弱小国家ということもあって経済面の不満は挙がってますが、それ以外は何もなし！

人が温かくて過ごしやすい。特に王国を支える三人の王族の評判がすこぶるいいです。

なんでも、たまに街へ下りて普通に遊んでいるみたいですよ？　皆顔を覚えちゃってるんですって。

しかも、王国はここ最近起こった戦争に連戦連勝！　英雄と呼ばれる第二王子さんの影響が大きく、王国も活気に満ち溢れているみたいです！　私も引っ越し先は王国にしようかな?

えーっとですね、続いては……って、やっぱ!? 語りすぎた! 上司に文字数抑えろって言われてるんでした!?

シャルちゃんってばおっちょこちょーい……あ、はいごめんなさい。

さてさて、全部取り上げられませんでしたが、話を戻して本題です!

数々の人にご協力いただき、皆さんの意見をもとに私が独断と偏見で判断した、結局一番過ごし難い国は――

この世で最も息が詰まる戦争Ⅰ

あーはいはい、分かってますよ戦争ですよね。
なんてことを思っているのは、四つの大国に囲まれたウルミーラ王国の第二王子である
アレン・ウルミーラである。
自堕落ライフ希望、隠居して女の子とたくさん遊んで平和な毎日を夢見ている青年であ
るが、現実とはかなり非情なもので。
最近ではファンラルス帝国の第一皇女を護衛したり、ラザート連邦と手を組んでイルム
ガンド神聖国の聖女を救出したりと、平和とはほど遠い戦争ばかりしてきた。
おかげで『英雄』と呼ばれるようになったのだが……まぁ、それはそれ。
結局名声を手に入れても今目の前に広がる光景は変わりそうにもなく――
「此度(こたび)の戦争は捕虜を巡っての戦争、ですか」
空白地帯の丘の上。
下に視線を向ければ、先程から耳に響く声と金属音の正体である兵士達は気合いを入れ
て足を進めていた。
そんな見慣れた兵士達が向かっている先には、大きなローブに杖(つえ)を持った人間が。

そして、それを見下ろすアレンの横では戦場に似つかわしくないメイド服の少女がゆっくりテーブルと椅子を準備して紅茶を淹れている。

「捕虜の扱いって……積めよ、金を。戦争ってそういうもんだろ？　もしかしてあいつらは体裁だけでチップを賭けて、あとから返してもらえるってお花畑な理屈が現実でも通用すると思ってんのか？」

一か月前、空白地帯で起きた戦争で、アレン達は神聖国だけでなくルーゼン魔法国家とも争った。

その際、アレン達は倒した魔法国家の人間を何人か捕虜として持ち帰ったのだが……結局、このようなことになってしまった。

捕虜として捕らえた時は「いやー、いくらふんだくれるかなー楽しみだなー？」感覚であった。

とはいえ、実際に起こってしまったのはふんだくるどころか起こしてしまった時点で費用がかかる悲しい戦争である。

「まぁ、欲をかきすぎて道端に落ちている宝石まで掠め取ったのが原因なのでは？」

「……お嬢さん、今更ながらにツッコむが戦場でティータイムってやめね？　そこで剣を掲げている労働者からクレームが入るの目に見えてるだろ」

「ふふっ、いいではありませんか。今回は私達の出番はなさそうですし」

メイドの少女――セリアは楽しそうに笑う。

この笑顔が本当に戦場に合わないというか。アレンは少しドキッとしながらも、渋々用意してくれた椅子に腰を下ろした。

「流れ弾で死んだら、もっとも優雅な最期だったと後世に伝えてもらお」

「見出しは『英雄、最愛者(メイド)との最期も優雅に』でしょうか？」

「おっと、何やら予定していない追記があったような？」

まぁ、いいや、と。

アレンは怒号と雄叫び(おたけび)と金属音が響き渡る戦場で優雅に紅茶をいただく。

「んで、話を戻すが……捕虜拾ってきただけでこんな扱いって酷い(ひどい)と思うのよ。あいつら、金ならいっぱい持ってんだろ？」

「ええ、そうですね。起こしているのはいつものように一部の貴族か魔術師でしょうが、魔法国家(クズども)は大国と言われるほどお金を持っています。今までのことを考えても、本来であればこのような戦争はそもそも起きません」

「……やっぱ道端で拾った宝石が原因？」

「間違いなく」

アレンは徐に(おもむろに)澄み切った青空を仰ぎ見る。

そして、唐突に頭を抱えたのであった。

「あー……やっぱり賢者の弟子を捕虜ってきたのが間違いだったかぁ！！！」

そう、前回の戦争でアレン達が捕虜にした相手の中には魔法国家で有名な『賢者の弟子』がいる。

アレンが倒し、気絶しているところを「こいつ持って帰ればいいんじゃね？」と回収。

何せ、賢者の弟子はその名の通り魔法国家の象徴とも言える賢者の師事を受けている天才児。

大陸全土を含めて数えるほどしかいない魔術師。アレン達もそうであるが、彼女もまたその一人だ。

魔法国家としても貴重すぎる戦力を是が非でも取り返したいはず。

であればお金たくさんふんだくれるに違いない……なんて思っていたのだが、まさか正面から堂々と取り返そうとしてくるとは。

正直に言おう——こんなことになるなら捕虜ってくるんじゃなかった。というのがアレンの本音である。

「……起こってしまったものは仕方ない、せめて今回の戦争で更にふんだくれるよう考えよう」

「そうでもしないと、アリス様に怒られてしまいますものね」

「妹からの冷たい視線が兄の胸を抉るんだよぉ！」

これで赤字であれば妹からのお説教は間違いなしだ。

「んでさ、まぁ俺としても今回の戦争の経緯は分かるんだよ」

「はい」

「でも、一つだけ分かんないことがあってさ」

チラリと、アレンは丘の上から『絶賛戦場☆なう』な景色を見る。

すると、そこには――

『な、なんでジュナ様が俺らに攻撃してんだよ!?』

『勝てるわけねぇって、賢者の弟子がいるんだから！』

『そもそも、これはなんの戦争なんだ!?』

燃え盛る火の手。

それらを生み出している、金色の髪を靡かせる女性の姿があった。

「……ねぇ、なんで救出対象の賢者の弟子がこっちの味方してんの？」

◆◆◆

改めて、『賢者の弟子』についてお話ししよう。

ジュナ・メーガス。魔法主義の魔法国家のトップに座る賢者に見出されし異端児。

その才能は、魔法を学び始めて一年ほどで魔術師へと至ったほど。常人が何十年費やしても至れない場所へすぐさま到達したのだから、才能の異常さは言わずもがな。

潜在能力(ポテンシャル)だけで言えば、セレスティン伯爵家の神童とも呼ばれたセリアを軽々と凌駕(りょうが)し、魔術師という一点だけであればアレンすらも超える。

それ故に、魔法国家の中で実力をランキング形式で並べていけば、ジュナは上から二番目のポジションだと評価されるだろう。

ある意味、魔法国家では貴族の重鎮よりも特別な存在。

そんな異端児が――

「……アレン、私頑張ったよ？　ご褒美ほしい」

「クソ国家のクソ女狐(めぎつね)がよくも私のポジションを……ッ！」

「待って俺を間にして争わないで命がいくらあっても足りないよ死んじゃうのッ！」

ウルミーラ王国、王城の中にあるアレンの部屋。

そこでは、美しい女性二人に挟まれるという男共からしてみれば血の涙を流して剣を向けそうなほど羨ましい光景が広がっていた。

ベッドに座ったアレンに、艶やかな金髪と抜群のプロポーションを持つおっとりとしたジュナが抱き着き、反対側でもサイドに纏(まと)めた桃色の髪が特徴的な、あどけなさが残るセリアが抱き着いている。

ただし、反対側の女の子だけが冷え切った瞳と物理的に冷え切った空間を作り出していたが。

「ご主人様、捕虜の分際で私のポジションを奪ういい度胸をした人がいます。ですので、ここは首を断ち切って魔法士共に突き出してやりましょう」

「やめなさい、カーペットが赤く染まったらアリスが驚くだろう!?」

「……セレスティン伯爵家の神童はなんで怒っているの？」

キョトン、と首を傾げるジュナ。

己の思うままに抱き着いている行動に原因があるとは気づいていないようだ。

「……せっかく敵を倒してあげたのに」

先の戦争。

捕虜奪還を目的として侵攻してきた魔法国家との戦いは、今回もまたウルミーラ王国の勝利で幕を下ろした。

しかし、今回の功労者は呑気に丘の上でティータイムに興じたアレン達ではなく――

「いや、この上なくありがたいんだけどさ……一応聞くけど、あれ味方だよな？　容赦なく豚の照り焼きをテーブルの上に量産してたけど」

「……アレンが褒めてくれると思って頑張った」

「ダメな男に貢ぐ女ってこんな感じなのかぁ……」

「……私もいっぱい貢いでますもん」

男の子に褒めてもらうために味方をも殺す。

将来どんな男に引っ掛かってしまうのか心配になる。ある意味もうすでに引っ掛かっているのかもしれないが。

「……というより、そもそも私は愛国心もないし。ぶっちゃけ国なんてどうでもいい」

ジュナはアレンから離れ、少し天井を見上げる。

「……権力もいらないし、お金もいらない。退屈だし、ずーっとだらだら暮らせればいいなーって思ってる人間」

「なんだろう、凄く共感ができるんだが」

「……でも、あの戦争でアレンと出会った」

しかし、見上げたのも一瞬のこと。

すぐさまアレンの腕に抱き着き、そのまま顔を埋めてしまった。

「……あんなに高揚したのは初めて。絶対、アレンと一緒にいた方が楽しい」

「この場合、私はご主人様に対して怒ればいいのでしょうか？」

「おっと、お嬢さん。それはお門違いだということを理解した方がいい。だから俺の腕をあらぬ方向に曲げないでくれませんか？」

とりあえず、間に挟まれている時点で女の子の嫉妬からの逃げ場はなかったみたいだ。

「……それに、あの国は息苦しいから。出られてよかった」

最後に呟いた言葉。

それはしかと二人の耳に届いており、アレンは思わず首を傾げてしまう。

一方で、元々魔法国家に滞在していたセリアは眉を顰めた。共感できるようで相違しているような違和感。知っている魚を食べたはずなのに思っていた味と違う……なんて感覚なのかもしれない。

「……っていうわけで、私はこのままアレンと一緒にいたい」

「そう言われてもなぁ」

アレンはふと天井を仰ぐ。

正直、アレンとてこの展開は予想外なのだ。いっぱい金をふんだくれるかと思えば戦争が始まり、あまつさえ捕虜の本人は喜んで反旗を翻している。

元々外交は兄であるロイの担当なのだ。アレンが客席もびっくりな解決策やら対処法など思いつくはずもなし。

「ひとまず、兄貴が何を言うかで判断しよう。いわゆる現実逃避戦術だ」

「……じゃあ、私は捕虜継続？」

「捕虜になっている様子は一切感じられませんけどね」

「仕方ないだろ、こいつ鎖で縛っても焼き切るタイプだし。っていうかもうすでに焼かれたし」

「……縛られるの、嫌だ。胸の辺りが苦しいから」

そう言って、ジュナは己の実りに実った胸を持ち上げる。

戦争が終わったあとの平和な一幕。

和やかな時間が流れている中に起こったたゆんたゆんな光景に、横にいるアレンの目は釘付(くぎづ)け&鼻の下伸び伸びになったのであった。


「……ご主人様？」

「おっと、じゃんけんがしたいのか？　だがダメだぞ？　初めからチョキを俺の目の前に置く宣告なんて俺が勝っちゃうじゃないか」

「じゃーんけーん――――」

「やめて突き刺されるビジョンしか見えないッ！」

ウルミーラ王国は、大陸全土でも珍しく王族が国の運営を行っている。

もちろん、一人が全てをまかなっているわけではなく、兄妹がそれぞれ役割を与えられて分担している。

第二王子であるアレンが軍部、第一王子のロイが外交、第一王女のアリスが内政。

こうしてきっちり役割分担ができているのは、三人の兄妹仲がいいからだろう。

ファンラルス帝国のような継承権争いが起きることもなく、仲良くしっかりとした運営を見せていた。

王族全員が運営に携わっているということもあって、兄妹は月に一度集まって定例会議を行っている。

近況報告や、目下の課題など。

国に関係のある議題を並べ、継続して運営していくために解決策を話し合うのだ。

そして、今日もまた恒例の定例会議が行われていた——

「今日は将来おにいさまのお嫁さんが誰になるのかを話し合います」

「こらこらこら」

艶やかな金髪と愛嬌(あいきょう)抜群の可愛(かわい)らしい顔立ちをしているアリスが、会議室で至極真剣な顔を見せる。

どうやら、この表情で放たれた議題は兄に関係のあることのようだ。

「なんちゅー議題挙げてんじゃボケ。あれか？　家族全員で話し合って行き遅れのボーイに見合い相手でも募ろうってか？　やめろよ恥ずかしいし情けなくなるだろ!?」

「逆だよ逆！　おにいさまのお見合い相手が多すぎて、家族はプレイボーイなおにいさまに文句を言いたいの！」

「どこで覚えたプレイボーイなんて言葉!?」

妹は知らない間にどんどん成長していくらしい。

とはいえ、確実に間違った方向へ向かっているであろう言葉を学んでおり、アレンは真っ先に心配になった。

「まぁ、でもアリスの言いたいことは分かるよ」

「でしょ!?　私、一体誰を「おねえさま」って呼んだらいいのか分からないよ！　セリアさん一択だと思っていたのに、気が付けば応募用紙がいっぱいなんだけど!?」

「そんないねぇよ何言ってんのだから!?」

国の運営より兄の将来が気になって仕方ない。

とはいえ、その危機感をアレンは感じ取っていないようで。食い気味に否定する兄に、アリスはジト目を向けた。

「……聞けば、帝国の美人なおねえさんからちゅーされたって」

「ぬぐっ！」

「……神聖国の聖女様から『結婚してほしい』って言われたって」

「ぐはっ！」

「……魔法国家の賢者の弟子さんがおにいさまのために国を裏切ってるって」

「か、可愛い妹の耳に暴露をプレゼントしてるのって誰なんです……？」

「セリアさん」

アレンは脳裏に浮かぶ可愛いメイドを恨んだ。

「そういえば気になったんだけど、アレン的には彼女をどうするつもりだい？」

苦笑いを浮かべていたロイが弟へ尋ねる。

妹のプレイボーイ疑惑にへこんでいたアレンは、ぐったりとうな垂れたままロイへと顔を向けた。

「娼館でしかハッスルしていない俺にはいっぱい彼女がいるらしいんだけど、誰の話……？」

「その中の一人だよ。目下取扱説明書が一番ほしい爆弾ではあるけど」

そのワードに、アレンもアリスも脳裏に一人の少女が浮かび上がった。

捕虜という扱いで迎え入れている魔法国家の異端児。

敵意がなく、そもそも弱小国家では縛り付けられないのだ。

「……どうするって、兄貴が考えてんじゃないの？　俺はこの国から如何にどうやっていつ逃げ出すかしか頭にないんだけど」

「生憎と僕は弟を如何にしてこの国に縛り付けるかを考えるのに忙しくてね」

「へいへい、兄貴。そういう時は女のスカートの中身でも考えてればいいんだぜ！　野郎のナニを考えるなんて時間の無駄さ☆」

「あのー、おにいさま。いくら兄妹でもセクハラはご法度だと思うんだけどー」

女性がいる場での発言は気をつけた方がいいというのはご尤もである。

「まぁ、軽口はさておき……実際考えてはいるんだけど、扱いが難しいのは事実なんだよね。とりあえずアレンに好意的だし、いざとなったらアレンかセリアくんしか対処できないから傍に置かせているわけだけど……」

素直に魔法国家に返せば、せっかくの交渉材料をふいにしてしまうし、「戦争を仕掛けられて怖くて返した」なんて変に侮られる恐れがある。

かといって目下繰り広げられている戦争の火種には違いないし、扱い方を誤れば国がなくなりそうな爆弾であるのも間違いない。

こんなに悩むんだったら拾ってこなきゃいいのに、と。ロイはロイでアレンへの不満を吐いた。

「いっそのこと、将来的な戦力を削るって意味合いで処分するってのはあるけど――――」

「あ？　いくら兄貴でも、その手段を取るんだったら戦争するぞ？」

「ロイおにいさまはまたそんなこと言う。優しいおにいさまがそういう方法を嫌がるってことは分かってるじゃん」

「冗談だって、冗談。僕だって弟（ヒーロー）の機嫌を損ねて身内で喧嘩（けんか）なんてしたくないよ」

ロイは大人しく両手を上げて降参のポーズを見せる。

それを受けて立ち上がりそうになったアレンは肩の力を抜いて、小さく息を吐いた。

「まぁ、元はと言えば俺が拾ってきた問題だけどさ、こういうのは兄貴が担当なんだし、いい案出るならそっちだろ」

「うーん……まぁ、方法がないわけじゃないんだけど……」

なんとも歯切れの悪い反応。

あるならさっさと言えばいいのに、と。そう首を傾（かし）げた時だった――

「失礼します」

会議室の扉が開かれ、そこからセリアが姿を現す。

手元に何もないことから、息抜きの紅茶を持って来たわけではなさそうだ。

突然の入室に、アレンだけではなくアリスやロイまでもセリアに視線を向ける。

「どったの、セリア？」

「ご主人様に一つお話がありまして」

そして、少し困ったようにセリアは顔を顰（しか）めた。

「ジュナ様が王都を見て回りたいと外出許可を求めてきたのですが……いかがなさいます

か？」

◆◆◆

「なぁ、もう捕虜ってポジションじゃねぇだろ？　俺らは異国の令嬢の接待でも始めてんのか？」

「であれば、首を横に振ってはいかがですか？　異国の令嬢のご機嫌が下り坂になるかもしれませんが」

「おむすびが転がっても穴に落ちるとは限らない、か……異国の令嬢におにぎりを落とさせない方法が知りたいぜ」

なんて愚痴を吐きながら、アレン達は賑わいを見せる王都の中を歩く。

王国の中心地。小国とはいえ、流石に国一番ということもあってかなりの活気が見て取れた。

食べ物を売る者、それらを買う者、ちょっとしたデートを楽しむ者。

往来は人で溢れ、隣を歩いている人の会話すら時折賑わいに掻き消される。

そんな中、一際目立つ女性が物珍しそうにアレン達の前を歩いていた。

「……しょぼい？」

「おいコラ、王国の一番になんてことを!?」

どうやら、この異国の令嬢さんは自分の国と比べてしまったようで。

セリアですら足を運んだ時に言わなかったことを平然と口にしてしまった。

「いいか!? 王国の王都は確かに大国四つには劣るかもしれんが、大国四つと接しているからこそ各国の特産物が流れ込む! 珍しい食材、骨董品、更には各国の可愛いお姉さんですら――」

「…………」

「腕がァァァァァァァァァァァァァァァァァァァァァッ!?」

それ以上の発言は認めない。

そんな意思を、隣のお嬢さんと捻られた腕関節が訴えていた。

「……でも、楽しくて素敵な街。魔法国家とは大違い」

ジュナは立ち止まって、近くの串焼きの店に駆け寄った。

その瞳は、表情が乏しい端麗な顔に輝きを生ませている。

「そんなに魔法国家と違うわけ？ 自分で言い出しといてなんだが、高級料理店と比べたら値段も内装も雰囲気も舌が肥えた人間には刺さらないだろうに」

「高級料理店がどんなに凄くても、働いている店員とお店の空気が悪ければ客の評価は愚痴でいっぱいですよ。実際問題、魔法国家の中心は栄えてはいるもののこれほどの賑わいはありませんから」

セリアがお店に近づき、懐からお金を取り出して串焼きを一本購入する。

ジュナに手渡すと、嬉しそうに「……ありがと」と口にした。

「……まぁ、人にもよる。魔法国家は最低限の生活必需品と食糧以外は全部魔法関連だから」

「魔法国家らしい話だな。確かに、人によっては遠足の行き先で大当たりを引いたような感覚になるんだろうが」

魔法国家は国全体が魔法を至上として生きている。

売り物のほとんどは魔法に関連するもの。杖や魔導書に薬草、そういった皆が魔法士として成長できるものしか市場には並ばない。

元より、魔法国家に住んでいる人間のほとんどが魔法士だ。ある意味需要しかないのだろうが、魔法士ではない者や魔法に興味がない者にとっては退屈でしかないのだろう。

「……ん、だから私はあんまり好きじゃない」

「おい、これでいいのか魔法国家のナンバーツー？」

「……串焼きうまうま。私、王国に住む」

串焼き一本で貴重すぎる戦力が亡命を。

「……あ、でも神聖国も捨て難い」

「神聖国？」

「……あそこ、教会がいっぱいあるから行くの楽」

食べ終わったジュナが串を店の横にあるごみ箱の中に捨てると、首元から小さなロザリオのネックレスを取り出した。

それは、どこかで見たことがあるようなもので――

「神聖国が信仰している宗教のロザリオですね。これまた珍しいものを」

「ジュナって、信徒だったの？」

「……信徒？　なのか分からない。神様にお祈りしてたらシスター見習いがくれた」

神頼みされるような人間がまさか神様にお祈りをしている。

そのことに、アレンだけでなくセリアですら少し驚いた。

「……魔術師になったばかりの頃に教会に行って、ハマった」

「教会にハマるって……ゲーム感覚でクリアしていくようなものじゃねぇだろ」

「……現実逃避、大事。退屈で息苦しい生活には息抜きが必要。私はずっと『楽しいことを教えてほしい』ってお願いしてた」

「ふぅーん」

その割には楽しそうな顔をしてたがなぁ、と。

アレンは鉱山で戦った時のジュナの顔を思い浮かべて首を傾げる。

「……でも、祈りは届いた。神様はアレンに出会わせてくれた。また楽しいこと、しよ?」

「おっと、お嬢さん。楽しいことは戦場じゃなくてベッドの上でしよう。そうじゃないと中々重たい腰が上がってくれん」

「……ベッドの上でもいいよ?」

「…………ほほう?」

「ご主人様」

「お、おーけー、分かってるよセリアさん。そろそろ俺だって学び始める頃合いだ」

反射的にセリアから距離を取って腕を抱えるアレン。

これ以上の発言が己の人体にどう影響するのかはすでに学習済みだ。

セリアはアレンの反応に可愛(かわい)らしく頬を膨らませ、不満をありありと伝えていた。

「……別にお嫁さんが二人でもいいと思うのに」

「気持ちの整理がまだついていません。レディーはいつだって私だけを見てほしいと思う我儘(わがまま)な子ですから」

「……セレスティン伯爵家の神童は、意外と乙女」

でも気持ちは分かる、と。

距離を取って警戒しているアレンを見て、ジュナはそっとロザリオを胸元にしまうのであった。

その直後、ふとジュナがまたしても違う場所に目を向け始めた。

視線が向かう先、そこには何やら一際盛り上がっている人だかりが見える。

「さぁさぁ、寄ってらっしゃい見てらっしゃい！　意外とまだまだ合格者は出ず！　教科書丸暗記よりも遥かに楽で遥かに難しいイベント！　次に公衆の面前で勇気を振り絞れる勇者は一体誰だ!?」

なお、中心からはそんな声が。

「……なぁ、なんで活気あふれる王都で勇者を募ってんの？　あそこには人混みに溶け込める魔王でも立ってんのか？」

「少なくとも、魔王ぐらいには物珍しいイベントが行われているのは間違いないみたいですね」

「……あれを言われて気にならないわけがない」

ジュナが玩具につられて人だかりの方へ足を進めていく。

合意した覚えもないが、二人も気になるのは気になるみたいで、自然とついていくように足を進めた。

アレン達のことをよくご存じだからか、一国の王子が足を進めたことによって自然と気を遣ってくれて人混みが縦に割れる。

そこを「ありがとう」と言いながら進んでいくと、中央には一人の店主の他に、見つめ合っている二人の男女の姿が――

「愛してる（イケメンボイス）」

「ぶはっ！（盛大に吹き出すボイス）」

……何やら告白していた。

「なぁ、俺はこの場合男側のファイトを労ってやればいいのか、女側の態度に物申せばいいのか？」

「私はご主人様に言われても絶対に吹き出さない自信があります！」

「こういうのって絶対に我慢比べの大会目的で言うもんじゃねぇんだけどなぁ」

一世一代の告白で吹き出すほど笑われてしまえば、男側は堪ったものではないだろう。

心の中で男に同情したアレンは、店主の方に近づいた。

「これ、何やってんの？」

「おぉ、アレン様じゃないっすか！　今ですね、ちょっと寝ている時に思い付いたイベントを適当にやっている最中なんですよ！」

「その割にはかなり盛り上がっているように見えるが？」

「あははは！　意外と大盛況でしてね！」

本当に思いつきで適当にやっている割には、かなりの盛り上がりっぷりであった。

好奇心旺盛なジュナだけでなく、自分達でさえ物珍しさを感じている。

「……これ、なんのゲームなの？」

吹き出されて膝から崩れ落ちている男の頭をツンツンしながら、ジュナが尋ねる。

「『愛してるゲーム』ってやつでね、交互に『愛してるよ』って言って照れずに五回繰り返せたら景品ゲットってやつです！」

「ふぅーん……斬新だな」

「本当は互いに勝負させた方がゲーム的には面白いんでしょうけど、それだとうちが介入するところがねぇんで、こういうルールにしてます！」

確かに、互いに言い合って先に照れた方が負け……という方が、ゲームとしては面白い。

しかし、それだと主催者が関与する場所がなくなってしまうため、協力する形にしたのだろう。

二人の関係性にもよるが、なんとも面白そうなゲームだ。

「ちなみに、一回三百――」

「百回参加します」

「セリアさん!?」

即座にセリアが店主に大金を手渡す。

「これでも足りないというのであれば、後日改めて私の全財産をお届けします」

「……アレン、この前の戦争で働いた分の給料を前借りしたい。それで、全部ここに突っ込む」

「君達の金銭感覚を狂わせるほどのゲームだったのか、これは!?」

乙女的には大変揺らいでしまうものだったみたいで。

思い付きで適当にやっていたゲームに容赦なく本気で挑もうとしていた。

『おぉ！　アレン様とセリア様がやるのか!?』

『あの美女も中々綺麗だな！　またアレン様が誑かしたのか!?』

『あぁ見えて、アレン様って意外とうぶなのよねぇ。これは面白くなってきたわ』

わいわいがやがや。先程以上の盛り上がりと人だかりが、アレン達の参加表明によって生まれる。

それによって逃げ場を失ったアレンは、逃げるように後ろへと下がった。

しかし――

「……逃がさない」

「ふふっ、ご主人様……どこへ行かれるのですか？」

「い、いやー……そのー」

がっしりと、美少女二人に腕を摑まれるアレン。

あぁ、分かっている……このお二人は決して逃がしてはくれないのだと。

ただ言わせてほしい、流石の娼館通いのアレンくんでもこんな人の視線がある場所で愛の告白は恥ずかしいのだと。ましてや気になっているいる相棒と魔法国家が誇る美少女に面と向かっては好奇心という餌に駆られたギャラリーがいなくても気恥ずかしいのだとッッッ!!!

「か、考え直しませんかねお二人さん……？　こういうのって視聴者に回るから面白いのであって、当事者になったら趣旨の手のひら返しが来るだけですよ？」

「……アレン、そういう話じゃない」

「ええ、私達は景品もギャラリーの盛り上がりもどうでもいいのです」

じゃあ、なんのために参加するの？　という言い分はもちろん言わせてもらえるわけもなく。

アレンは腕を引かれて先程まで男が座っていた椅子の前に立たされる。

(おいおいおい、待ってよマジですか!?)

これでも、アレンは意外と異性関係はしっかりしている。

いくら娼館でナニをしていようが、好きになった人にはとことん一途になるし、王族としての責務よりも相手の気持ちを尊重し、真っ向から関係を望もうと思っている。

故に、愛の告白など結婚する時にしか言わないものだと思っていたし、まだまだ心の準備もできていない。

それなのに、目下言わなくてはならないのは美少女二人に対しての「愛している」である。

しかも、公開羞恥プレイというオプション付き――

「……どっちから言ってもらう？　私が最初がいいって意見は初めに提示」

「私も一番がいいです」

「……やっぱり、セレスティン伯爵家の神童が一番のライバル」

「戦りますか？」

「……戦る」

……戦火一直線の火種付きで。

「アレン様、ちゃんと仲介してくれなきゃうちの店潰れちまうよ」

「そっちの店どころか王都全体が潰れそうだけどな」

魔術師二人がたかが順番決めだけに本気を出せば、間違いなくお店も王都も潰れてしまうだろう。

早くやりたいのに一生できなくなるなど、本末転倒もいいところである。

「おい、セリアにジュナ。やるのは構わないが戦争だけはしないでくれ……どうせ個々の被害額も総じて俺の懐から出るんだろ？　やめろよ泣きたくなるぐらい少ないんだから」

「むぅ……仕方ありませんね、ここは平和的にじゃんけんで決めましょう」

「……異議なし」

さーいしょはぐー、じゃんけーん。

なんて可愛らしい声によって決まった順番は、ジュナ→セリア。

よっぽど一番が嬉しかったのか、普段表情が乏しいジュナは拳を突き上げて勝利を噛み締めていた。

一方で、よっぽど悔しかったのか、セリアは膝から崩れ落ちて瞳から薄らと涙を流している。間に挟まれているアレンにとって、これほど反応に困る光景はないだろう。

「っていうことで、決まったなアレン様！　まずは魔女っ子美女からだ！」

『アレン様が照れるに一票！』

『一回は我慢できるに一票！』

『一度も我慢できないに一票！』

「いや流石に一回は我慢するよ!?」

どれだけ女経験がない男に見られているのだろう？　これでもかなり遊んでいるはずのアレンは何やら少し悲しくなった。

特に、普段見かけている男よりも初めましての女の子に若干肩入れされているような気がするのも涙を誘った。

「んで、確か五回言い合えばいいんだっけか？」

アレンは仕方なく、中央に置かれた椅子の上に腰を下ろす。

どうせここで全力で逃げても、ギャラリーが邪魔で魔術師二人に捕まるだけ。どうせなら、さっさとやってさっさと終わらせるに限る。

「……うん」

ジュナがセリアの横を通ってアレンの対面に腰を下ろす。

「……だからお願いしましゅ」

「噛んだ？」

「……噛んでない」

赤くなっている頬が今の発言の信憑性を物語っているのだが、早く終わらせたいアレンはあえてツッコまなかった。

「それじゃあ、早速アレン様から……どぞっ！」

店主の男が意気揚々と叫び、観衆が一斉に沸く。

なおさら気恥ずかしさが増長するのだが、アレンは大きく深呼吸をして正面を見据える。

相変わらず端麗な顔だ。

表情こそ乏しいものの、セリアやアリスに引けを取らないほど美しく整っている。

改めて、こんな美女に対する愛の告白が緊張を与えてきた。

そして——

「……あ、愛してる」

「……ダメこれ、はじゅい」

ジュナが顔を覆ってしまった。

「まさかの番狂わせだぁぁぁぁぁぁぁぁぁぁぁぁぁぁぁぁぁぁっ！！！」

『嘘だろ!?　あのアレン様が!?』

『おいおい、普通アレン様だろ!?』

『アレン様が……馬鹿な!?』

「お前ら俺のことをなんだと思ってんの!?」

そもそもまだ順番すら回ってきていないのに、凄い言われようである。

そこに対して憤っていると、アレンの前にそっと人影が差した。

アレンが視線を向けると、そこには戦場に立つ兵士が如く覚悟を決めた美少女が立っていて――

「次は私が行きます。安心してください……遺書はちゃんとこちらに」

「なぁ、さっきから俺の一世一代が罰ゲーム扱いされてない？」

遺書を残されるほど嫌なのかと、アレンは普通に傷ついた。

「おぉ！　続いてはアレン様の躾役兼相棒……セリア様だ！」

『流石にセリア様なら、ねぇ？』

『勝負にならないだろ』

『アレン様が赤面して終わりだな』

「そろそろさ、誰でもいいから一人は成功を応援したらどうなの？　普通に趣旨はそっちだよな？」

　とはいえ、アレンが赤面する方に自信があるギャラリーは誰もその言葉に同調することはなく。

　セリアは神妙な表情を浮かべてジュナの代わりに対面に腰を下ろした。

（そ、そんなに知り合って長くない人間ならまだしも……）

　逆に知り合ってからが長い方が緊張するというか。

　相手は相棒。己のメイドとして、ジュナ以上に多くの時を過ごし、そして異性、と、し、て、見、て、きた女の子だ。

　ジュナよりも何やら真実味が増しているような気がする。

　なんていうか、その……本気で言っているような感じがして仕方がない。

「私は百回ほど耐えられる自信があります」

「なんでそんなに自信満々なわけ？」

「ふふっ……そんなの、いつでも言われる心構えをしているからに決まっているではありませんか」

「ッ!?」

アレンの胸が高鳴る。

余計に真実味が増したのは言わずもがな。

ギャラリーに見守られ、「言え」と言わんばかりの空気が漂い始める。

故に、アレンは空気に押し負けてもう一度大きく深呼吸をした。

そして——

「あ、愛してる……」

「………………」

何もなかった。

「〜〜〜〜〜〜〜〜〜〜〜〜〜〜〜〜〜〜〜〜〜ッ！！！？？？」

一瞬だけ。

「……なんかさ、ごめんな面白みがなくて」

アレンはふと天を見上げ、そっと店主に謝罪した。

すると、店主は「何を？」と首を傾(かし)げる。

「いやいや、こういうのが面白いんでしょうに、アレン様」

「普通にラリーが続かなかったんだがなぁ」

でも、返されたらそれはそれで恐ろしいからよかったのかもしれん。

そんなことを、仲良く耳まで真っ赤にして蹲るセリアとジュナを見て思うアレンであった。

やっぱり、こういう何気ない一幕が平和な日常そのものである。

——なんでこの急な展開が多いんだろう？

さめざめと涙を流しながら、両手のひらに雷を生み出してアレンは思う。

この前まで爆弾そのままな美人さんを王都に案内したというのに。

何故か不思議。今眼前に広がるのは——

『はっはっはー！　戦争だ戦争！　戦場が心地いいッッッ！！！』

『兵士長に続け、和服美女のために！』

『そうだ、俺達には和服美女を守る義務がある！』

『和服美女！　和服美女！』

……ノリノリで敵に突貫していく、我らが敬愛する王国騎士である。

「……この前も思ったけど、なんかアレンがいっぱいいる」

「おっと、俺をあの枠に入れるのか!?　俺は女のためなら命を張れるが、鼻の下を伸ばしてステージに立つ男じゃないぞ!?」

「その割には、今正に戦場に立つ準備をしていますが」

「見て、この涙を！　無理矢理戦争に駆り出されたジェントルマンに鼻の下を伸ばす余裕なんてないんだよッッッ！！！」

横には、相変わらずメイド服を着ているセリアと、興味なさげにボーッと立っているジュナの姿。

眼前には広がる荒野で雄叫びと下心を見せながら突貫していく王国兵。先には神聖国特有の白い甲冑を着た騎士達がびっしりと。加えて、あまり見かけない甲冑を着た男共が王国兵に続くようにして走っていく。

そして——

「かっかっかっ！　おいおい、帝国の美姫が慕う英雄とやらにしては随分後ろ向きな態度じゃのぉ！」

——背後には、大きな椅子に悠然と座る、一本の刀を携えた水色の髪と和の着物が特徴的な美女の姿があった。

「もうやだ……なんでいっつも世界は俺を働かせるの。レティア国の王妃とご対面して好感度アップを目指しても、流石に人妻には手が出せません」

「……アレン、元気出して。だったら私と楽しいこと、する？」

「ここはベッドの上じゃないの戦場で魔法をチラつかせながら言わないでそんなこと！」

心配そうに顔を覗き、手元に炎をチラつかせるジュナと更に涙を加速させるアレン。

そんな二人を見て、セリアは——

「此度の戦争は考え方の相違、ですか……主義に思想をぶつければ戦争など必然でしょうに」

ことは、二週間ほど前まで遡る。

「……うまうま、王国のお店は美味しいものいっぱい」

「なぁ、俺の財布が空になったんだけどさ、捕虜よりいい待遇って戦争的にはどうなわけよ？」

「ご主人様も一度捕虜になられては？　といっても、いい扱いをされるかどうかは手足を縛ってくれる天使様に期待ですね」

「皮を被った悪魔の可能性が高そう……」

両手いっぱいの焼き菓子を抱えて帰宅するジュナ。

その後ろにいる無一文寸前のアレンは、セリアに頭を撫でられながら一緒に王城の中へと入っていく。

平和な一日。

接待している気にしかならないが、戦争よりかなりマシで和やかな時間であった。

「……でも、もらってばかりでは申し訳ない」

いきなり、ジュナが両手いっぱいの焼き菓子を見て立ち止まる。

「いきなり立ち止まっちゃってまぁ……ようやく自分の立場を理解したか？」

「……うん、アレンの奥さん」

「そのポジは私なのですが正妻感をアピールしてもよろしいでしょうかッ!?」

「……なるほど、王国の結婚は拳でケリをつける。これが文化の違い」

「文化一緒ですお願いだからこの場でおっぱじめないで魔術師諸君ッ！」

アレンラブな女の子が一人増えただけでこれだ。

今すぐにでも戦争が始まりそうなセリアとジュナを見て、傍にいる使用人達は苦笑いを浮かべている。

なお、間に挟まれている絶賛モテ期到来のアレンくんは、この場の責任を取りたくないため涙目で必死の仲裁に入っていた。

と、その時────

「あ、やっと戻ってきた」

王城の近くにある建物の扉が開き、姿を見せたロイが歩いてくる。

頼れるのはやっぱりお兄さん。アレンはすぐさま助けを求めた。

「ちょうどいいところに！　過激なキャットファイトが始まりそうなんだけど、これ一緒に止めてくれない!?」

「二人共、うち的には順番さえ穏便に決めてくれたら好きにしていいから」

「……私、二番でもいい」

「……そういうお話であれば、仲良くしましょう」

「なんて反応に困る仲裁を」

頼れるお兄様のおかげで二人共矛を収めてくれたようだが、アレンの頬は何故か引き攣っていた。

「それで、ロイ様。ご主人様に何か御用でも?」

「あー、うんそれね。さっきちょうど帝国から手紙が届いたんだ」

はて、手紙とは?

戦争ばかりしてきた敵国様から一体なんの要件だろうと、アレンは首を傾げた。

「帝国の第一皇女様。もう忘れたかい?」

「あー、貴重な美少女からのキッスをプレゼントしてくれた子」

「覚え方は色々アリスと話し合いたいところだけど……要件をさっさと話そうか」

ロイは懐から取り出した手紙を開いて、言う。

「アレン達のおかげで、無事にレティア国に辿り着いて味方にできたみたいだ。まぁ、そのお礼がまず一つ」

「随分ご丁寧な皇女様だな。王国と帝国じゃスケールと価値観が違いすぎて下に見られがちなのに」

「そう言いながら、この前聖女であるソフィア様からお手紙をいただいておりませんでしたか？」

「案外、上に立つ者は文通が趣味な純情乙女なのかもしれん」

鉱山破壊して知らんぷりをしている連邦出身の乙女もいるが、まぁそれはそれ。

アレンは引き続きロイの言葉に耳を傾ける。

「そして、もう一つが……そのレティア国と神聖国が絶賛戦争中だっていうご報告」

「ふぅーん……」

「あとは、それに手を貸してほしいってお願いかな」

「よし、焼き捨てろジュナ」

「……いえっさー」

「こらこらこら、帝国トップレディーのお手紙を燃やすなんて恐れ多いんだから」

とはいえ、そのお手紙は戦争への片道切符だ。

戦争嫌いなアレンにとっては不吉なお手紙にしか見えない。燃やして然るべきだろう。

「ですが、それに手を貸す理由などないのでは？　今回は他国の戦争に介入するだけなのでしょう？」

そう、それはあくまで他国の話。

いくら帝国の第一皇女と繋がりがあってお願いされたとしても、神聖国とレティア国の戦争については丸っきり部外者なのだ。

帝国からメリットが提示されたとしても、それが重たい腰を上げる理由にはならないはず。

「帝国……というより、リゼ様から領土を一部もらえるみたいだからね。アリスは嬉々としてゴーサインを出してくれたよ」

「なんてことを」

「それに、僕も賛成派かな？　領地がもらえるって話もそうだけど、どっちにしろここにいたって戦争が始まるのは変わりないし」

……なんだか嫌な予感がする。

そう、逃げる理由が見つからずに結局無理矢理戦争をさせられそうな、そんな予感が。

アレンは背中から冷や汗を流し、ロイの言葉に耳を傾けた。

そして――

「王国にいても魔法国家が賢者の弟子ほしさにやって来るんだから、賢者の弟子ごとちょっとバカンスに出掛けてきてよ。ほとぼりが冷めるまで帰ってこなくていいからさ」

——アレンは脱兎のごとく建物から飛び出した。

レティア国。

大陸では珍しい女性主権の国家だ。

男ではなく女性。差別などはないが、女性が表立って国の運営や生活面での中心人物となる風習があり、実際に国を治めているのは一人の女性である。

かの四大国の二つである魔法国家と神聖国と隣接はしているものの、トップの王妃の手腕によって今もなお領土が小さくなることなく繁栄を見せている。

そんなレティア国に、アレン達は——

「戦争に、来てるんだもんなぁ」

アレンは両手のひらから生み出した魔法をとりあえず飛ばしていく。

突き刺さった雷は的確に相手の意識を刈り取り、次々と神聖国の兵士達は地面へ倒れた。

「昨日までの平和が懐かしい……っていうか、戻りたい」

「戻ったところで、するのは戦争という名のゲームですけどね」

「なんでどこに行っても平和の二文字が見られないの……」

ジュナと一緒に王都へ足を運んだのがこの前のお話。

片道一週間の道を兵士引き連れてレティア国へ足を運び、到着してすぐ戦争に駆り出されたのが今のお話だ。

どうやら予め帝国の第一皇女であるリゼから「加勢してくれるみたいだから」とのお言葉をいただいていたらしく、外野だったはずのアレン達は楽しい楽しい戦場へと連れていかれた。

「ちくしょう、戦争なんてしたくねぇのに……さっさとトンズラしてぇ」

「…………」

アレンの呟きが耳に届いたかどうかは分からない。

横にいるジュナはいつも通りの無表情な美しい顔を見せていた。

『大将！　こいつら全員俺が相手していいんだよな!?』

戦場のど真ん中で、そんな頭の悪い奴の声が聞こえた気がした。

その声は、もしかしなくてもアレンとは正反対な戦闘に生きるスミノフのものだろう。

とりあえずアレンは引き攣った頰のまま届くか分からない声援を飛ばす。

「子供でも分かる質問にお兄さんがしっかり答えてやろーう！　死ぬから普通に一人で相手しちゃダメだぞー！」

『なるほど、死ぬ度胸があれば一人で相手していいってことだな⁉』

「って言う馬鹿がいるから、お前らも手伝ってやれー！」

『『『『おいコラ美少女侍らせてねぇで、大将もさっさと下りて戦えッッッ！！！』』』』

「あれ⁉　俺もお守りに参加しろと⁉」

王子なのに、と。

アレンは涙を浮かべながら渋々と丘を下りていく。

その姿を見て――

「結局、行くんじゃな」

「なんだかんだ、ご主人様は部下と遊びたいお年頃ですので」

セリアはクスッと笑う。

こうして己が戦争に参加していないのは、恐らく戦況を見る限りアレン一人で充分だと思ったのだろう。

もしくは、レティア国の王妃であるエレミスを守るためか。

どちらにしろ、セリアとジュナがいればたとえ攻め入られても問題ない。何せ、二人は大陸有数の戦力である魔術師なのだから。

まぁ、片方の魔術師は現在大きな欠伸をかまして退屈そうにしているが。

「して、今回の戦争の発端はどのようなものなのでしょうか？」

戦場に「ズバヂィッッッ！！！」という青白い光が現れ始めている中、セリアがエレミスに尋ねる。

すると、和服美女は頭が痛そうにしつつ一つ大きなため息をついた。

「妾の国が女性主権なのは知っておるの？」

「はい」

「ざっくり言えば、それが気に食わんから喧嘩売りに来た……といったところじゃ」

「本当にざっくりとした理由ですね」

詳しく説明すると、神聖国は信仰している神からの教えで『平等』を謳っている。

誰もが同じような立場で、同じような環境を与え、同じように接するべき。

他にも『信徒は家族』、『手を取り合って助け合うべき』などといった博愛に満ちたお言葉もあるが、一方でレティア国は女性主権。女性が優遇され、女性が男性よりも活躍できる環境が根付いている。一家の大黒柱が男ではなく女。男が働いて金を稼ぎ、家族を養うのではなく、女性が積極的に働いて家計を支える——みたいな風習があるのだ。

大国であり『平等』を謳っている神聖国としては、神からの教えに反している行為。

要するに、神聖国の思想がレティア国の主義と反しているから起きた戦争ということだ。

「神聖国にとっては、隣接しているレティア国がこのような主義で動いておるのを前々から嫌がっておった。それが実際に浮き彫りになってしもうたのは、教皇戦の決着がつきそうだからじゃの」

「……教皇戦と何か関係あるの？」

暇そうにしていたジュナが、ようやく会話に入ってくる。

その時、エレミスはいきなり瞳を輝かせた。

「おぉ！　噂の賢者の弟子は別嬪さんじゃのぉ！　妾達の空白地帯に変な建造物を建ておった頭のおかしい連中の中にまさか一輪の薔薇がおったとは！」

「……目が怖い」

「もちろん、セリア嬢も可愛いぞ!?　セリア嬢はどちらかというとダイアの原石――」

「話を戻してください、エレミス様」

つれないのぉ、じゃがそこがいいっ！

エレミスは口角を吊り上げ、分かっていないジュナに引き続き説明を始めた。

「成果がほしいんじゃよ、成果が。この間の一件で教皇戦はほぼ決着がついてしもうた。じゃが、確実に教皇としての地位を手に入れるためにはあと一押しがほしかった……ってところじゃな」

「目の上のたんこぶを消せば、皆から褒められる……安直な発想ですが、実際にレティア国を手中に収めれば間違いなくその候補者は教皇へと成るでしょうね」

「……難しい話」

「かっかっか！　まぁ、賢者の弟子には関係のない話じゃ！　気にせず老人との会話に付き合ってくれればよい！　それだけで妾は喜ぶぞ？　何せ、美女美少女との交流なのじゃからな！」

老人というが、あまりにも若すぎるようにしか見えないのは気のせいだろうか？

セリアはエレミスの姿を見て眉を顰めてしまった。

「しかし、疑問です……神聖国側は滅多に自分から戦争を起こさないはずなのですが」

ふと、脳裏に以前出会った聖女の子が浮かぶ。

あれだけ優しく、純粋ないい子が支持している候補者だ。己から戦争を吹っかけるような性格には思えない。

「実際のところ、候補者が起こしたというより候補者を推している聖女が引き起こした戦争じゃな」

「なるほど、そういうことですか」

「……ん？　つまり、自分の候補者を教皇にしたいから頑張ってるってこと？」

「どこの国の人間でも、推しのためなら命を張れるってことじゃよ。とはいえ、やってることは褒めてもらうために頑張って獲物を捕まえようとするペットみたいじゃが」

国の総意で全てが動くわけではない。

それぞれの意思があり、それぞれの行動指針があり、全員をきっちりと統率することなどの国でも不可能だ。

利益ほしさに戦争を起こす一個人もいれば、褒めてもらうために主人の言葉を待たずに行動してしまう一個人もいる。

今回の戦争は、どうやらそういった類のものみたいだ。

「よくもまぁ、起きた戦争をそこまで把握しておられますね」

「うちの情報部は優秀じゃからのぉ。まぁ、今回は割かし情報が手に入りやすかったがの」

セリアはエレミスの笑いを受けて納得した顔を見せる。

とりあえず、今の発言に対して何も思うところはなかったのだろう。

「というわけで、助かった。お主らが来てくれんかったら、正直ちと厳しい戦いじゃった」

エレミスが懐にある刀を触りながら呟く。

「……そうでしょうか？　これだけの規模であれば、そこまで苦戦を強いられるものではないと思います」

「流石は魔術師。発言が豪胆というかなんというか……今は見えておらんが、今回の戦争は主人の命令なしで動いた聖女も聖騎士も参加しておる。普通に考えて辛いじゃろうよ」

「……ん、聖騎士は厄介」

珍しくジュナが同意する。

流石に賢者の弟子ともなれば、幾度かの戦争で神聖国と殺り合ったことがあるのだろう。

セリアも先日、神聖国の聖騎士と戦ったばかり。

聖女の恩恵を受けた人間の厄介さを身をもって知っているため、内心でしっかりと同意した。

『よーし、鬼さんが逃げていくぞー！　お前ら帰宅の準備だ！』

『『『『和服美女！　和服美女！』』』』

『そんなに見たいのか和服美女!?』

『がーっはっはっはー！　俺達の兵士のやる気がどこから出てくるのかが分かる一幕だな、大将！』

そうやって女性陣が話していると、敬愛すべき野郎共のそんな声が聞こえてくる。

どうやら、とりあえずの戦争はひとまず無事に幕を下ろしたみたいだ。


せっかく知らない場所に行くんだ、観光でもしよう！　と普通はなるはずのに、やって来たのは単なる戦場。

場所はレティア国と神聖国の間にある空白地帯。

見晴らしのいい丘の上に天幕を張り、一時の英気を養う。

もちろん、襲撃されても対抗しやすいよう上の方を陣取っているような形だ。

戦争から帰ってきたアレンは疲労を感じながら、兵士長であるスミノフと共に設営した天幕の中へと戻っていった。

すると――

「ほれほれ、もっとちこぅ寄らんか♪」

「……鬱陶しい」

「何故(なぜ)私も抱き着かれているのでしょうか……」

何やらある意味目の保養的な光景が広がっていた。

「大将、なんか俺の目の前にピンクい雰囲気が見えるぜ」

「奇遇だな、といってもピンクい奴(やつ)は一人だけだが」

アレン達は目の前の光景に頬を引き攣(つ)らせる。

何せ、女性主権のトップがジュナとセリアを引き寄せて目にハートマークを浮かべているのだ。加えて言うのであれば、頬が蒸気して息も荒く、世間にお見せできないような絵面となっている。

抱き着かれているセリアとジュナは戦争に参加していないのに何故か疲れ切っていた。

「おぉ、戻ってきたか王国の英雄！」

「……えーっと、どういう状況？」

「ん？　可愛い女の子とイチャイチャしとるだけじゃが？」

「こいつ、俺が汗水たらして働いている時にやることやってやがった……ッ！」

何が女性主権だ、てめぇも働け。なんて愚痴が普通に口から零れそうであった。

横にいるスミノフは「なんか大将と似てんなぁ」などと既視感を覚えていた。

「まぁ、そう怒るでない。妾とて鞭で叩くばかりの女王様ではないぞ？　しっかりと飴ちゃんも用意してある」

「……ほほう？」

アレンが食い気味に興味を示す。

だって、この流れで褒美ともなれば、つまりはそういうことなのだろう。

その証拠に、目の前の和服美女は肩を少しだけ露出させ明らかに色気を醸し出し、自分を誘っている。

レティア国が誇る、絶世の美女。あと和服美女。

これに興奮しないわけが――

「次の戦場も用意してやるぞ！　これが妾からの褒美じゃ！」

「…………ッ！！！」

「大将！　俺の剣を抜いて突貫するんじゃねぇ流石に俺でもそれはマズいって分かる！」

期待を裏切られたからか、単に鞭しか与えてくれなかったからか。

戦場で輝く働き蟻さんは、スミノフに必死に押さえられながら額に青筋を浮かべていた。

「馬鹿じゃのぉ、人妻に手を出させるわけにはいかんじゃろ。というより、手を出させたら帝国の美姫に怒られてしまう」

「……エレミス様」

「はいはい、分かっておる。なにぶん、近頃の男よりも可愛い反応を見せるからつい、の。じゃから美少女がそんな冷たい目をせんでおくれ」

エレミスは両手を上げ、二人から離れる。

やっと解放されたセリアとジュナはすぐさまアレンの近くへ寄り、それぞれ腕に抱き着いた。

「……落ち着く。やっぱりスキンシップはアレン一択」

「私のポジションは絶対にここです、決定事項なんです」

「大将、うちの連中を呼んできてもいいか？」

「やめろ、絶対に世間にはお見せできない殺伐とした構図が完成する」

脳裏に浮かぶのは、敬愛すべき馬鹿共から剣を向けられる光景。

これが実際に何度も現実で起きているのだから、本当に洒落にならない。

「っていうか、うちの馬鹿共は待機させてるんだよな？」

アレンは二人から抱き着かれたままスミノフに尋ねる。

「まぁ、待機とは言ったぜ。レティア国の人間が天幕を用意してくれて、やることもなくなっちまったし」

「ふぅーん……じゃあ、一応釘でも刺しておくか」

「釘？」

「一応、他国の前だからな。いびきでもかいて男の品位を落とすような真似をしたらレティア国のお嬢さん方に迷惑をかけるかもしれん」

流石はレティア国というべきか。今回参加していた兵士の半数は女性陣であった。

そんな中で、自由気ままに休息を取り、だらしなく寝ていれば変な目で見られるだろう。

というより、そもそも共闘している他国に迷惑はかけられない。

ある程度の礼節を弁えるのが普通。とはいえ、普通ではない面子だから釘を刺しておかなければ心配なのだ。

「別に気にせんでもよいぞ？　今回は妾らが手を貸してもらっている状態じゃからの」

「いいや、礼節はしっかり弁えるべきだ。女に手を貸している時こそジェントルマンでいるのがモテる秘訣だからな」

「その割には先程剣を持ってキレそうになっていたが？」

「フッ……お姉さん、その記憶はきっと捏造さ」

なんかよく分からないキメ顔を見せ、アレンは二人に腕から離れてくれるよう促す。

そして、ある意味で心配な部下達が迷惑をかけないよう、注意喚起するために天幕から出——

『お姉さん、どうか俺とお付き合いを！』

『なぁ、俺の雄姿は見てくれたか!? あれ、君のために頑張ったんだぜ!?』

『あそこに綺麗なお花が見える。もしよかったら、そこで僕と二人っきりで話さないかい？』

——ようとしたが、そっと中へと引き返した。

「……今回、僕達ちゃんと戦争頑張ります」

「お、おぅ……それはありがたいが、何があったんじゃ？」

「…………ごめんなさい」

「何があったんじゃ!?」

離れていたからこそ、天幕の外で行われていることに気づいていないエレミス。

一方で、アレンは外の手遅れな景色を見て顔を両手で覆いながらさめざめと泣いていた。

「流石、うちの連中はどこに行っても通常運転だぜ」

「戦場では滅多に咲かない花があって、馬鹿共も興奮していらっしゃるようですね」

「……王国の人、面白いね」

「もうやめてうちの痴態がッ！」

どうやってあとで皆にお詫びしよう？

目下戦争を嘆くより、謝罪を嘆きたくなったアレンであった。

「さて、そろそろ現状の整理でもしておくかの」

頭を抱えているアレンを他所にエレミスが大きく地図を広げ、机上にいくつか駒を並べた。

アレンは泣くのをやめ、椅子に座る。すると、皆も続くようにしてそれぞれ腰を下ろした。

「今回は思想と主義の戦争。要するに、理想と今を見る者の意見の相違じゃな」

「字面だけ並べるんなら前者を応援したくなるんだが……それで他人を巻き込んでお遊戯をおっぱじめたら目も当てられねぇな」

アレンは面倒臭そうにため息を吐く。

王国の英雄が座っているのは、エレミスの対面にある椅子。その横にはセリアがピタッと無駄に近づけた椅子に座って体を寄せている。

話している最中も甘い香りが鼻腔を刺激し、少しばかり集中できない。

ちなみに、スミノフは「そういう話は俺には分からん」と言って天幕から出ていき、ジュナは机に突っ伏したままエレミスの置いた駒で遊び始めている。

「戦場はここ、神聖国とうちらの間にある空白地帯じゃ」

「地図と天幕の外を見る限り、見晴らしのいい草原が広がっているようですね。ドッキリを仕掛けるには不向きすぎる場所です」

見渡す限り、広がるのは遮蔽物のない緑の絨毯。あるとすれば今アレン達が拠点としているような丘ぐらい。

地図上では、空白地帯全てがこのような形である。本格的に山や森が現れるのは、レティア国領土に差し掛かってからだ。

「セリア嬢の言う通りじゃ。こんなに開けた場所じゃと、襲撃をすることもされることもほとんどない。もちろん、警備担当が夜な夜なのハッスルで寝不足になっていなければの話じゃが」

「ハッスルなんてできねぇだろ……これ、お隣さんのピンク色の声とか普通に筒抜けでお顔が真っ赤になるやつだぞ」

アレンが面倒くささうにため息を吐く。

そんなアレンを見て、遊んでいたジュナが少しだけ顔を上げた。

「……防音の魔法なら、私張れるよ？」

「……ふぅーむ、魔法便利。ちなみにお嬢さん方のお風呂を覗けそうな魔法はありますかな？」

「ご主人様」

「冗談だって腕関節はそっちに曲がらないのよぉぉぉぉぉぉぉぉぉぉぉぉぉぉぉぉぉぉぉぉっ！！！？？？」

「わ、妾もその魔法ほしいぞ！　いくらで買えるのじゃ⁉」

「……なんで女側から食い気味な反応が？」

なんかアレンと同じ匂いがする、と。

ジュナは不思議そうに首を傾げた。

「話を戻してください、エレミス様。ちなみに、戦況はどのようなのですか？」

「少し押されておるぐらいじゃ……が、想定以上に被害が少ないのが本音。正直に言うと、大国相手にここまで善戦できておるのがちと不思議での」

「ん？　相手の人数が少ないのか？」

「……それとも、私達が来たから？」

「どちらかというと前者じゃな、戦争はすでに三週間前ぐらいから始まっておる」

相手は先走って戦争を始めたと言いながらも、かの大国の一つだ。

ウルミーラ王国ほど小さくもないが、大国と比べると遥かに劣るレティア国。総出で戦ったとしても、本来であれば人数や個の実力によって押し負けるだろう。

それが三週間も少しの劣勢で済んでいるのだ。エレミスが不思議に思っていることも、想定していたより人数が少ないと考えるのが妥当である。

「とはいえ、向こうさんに厄介な戦力がいるのも間違いない」

そう言って、エレミスはジュナが遊んでいた駒を地図上に置き始める。

取り上げられたジュナから「……あっ」と悲しい声が聞こえてきたが、エレミスはそのまま言葉を続けた。

「向こうの戦力は三千の兵士に、聖騎士が五人」

「んで、こっちは俺達の連れて来た王国兵三百人と、レティア国の兵士が千人。数的には不利だが、こっちには魔術師が三人も……って、ジュナは戦力に数えていいの？」

「……アレンのためなら私、頑張る」

「ご主人様、私もいますっ！」

拳を握って気合いを入れるジュナと、負けじとアピールするセリア。

こんなに可愛(かわい)らしい女の子なのに、二人共戦場をひっくり返せるほどの戦力なのだから恐ろしい。

「かっかっか！　そういうこともあって、妾らの戦力も一気に急上昇！　今ならライバル商店に下剋上(げこくじょう)できるどんでん返しなストーリーもフィクションじゃなくなるわい！」

「な、なんか目の前の和服美女がチートアイテムを手にしてはしゃいでる子供のように見えるんだが!?　ちょっと可愛いわんもあぷりーず！」

「ギャップ萌えというやつじゃよ。キュンときたか、セリア嬢とジュナ嬢？」

「あれ、普通は野郎に向ける言葉じゃないの、それ？　俺はキュンときたのに!?」

「男に興味はないわい」

「既婚者だよな!?」

なんで結婚したんだろう？　アレンの中で一つ謎が生まれた。

「じゃからな、今回の戦争は妾とて憂鬱なんじゃよ……」

エレミスが駒を一つ持ち上げる。

「今回の戦争の発起人――神聖国が誇る聖女、ア、アイシャ・ア、アルシ、ャラ、がこれまた可愛い子でのぉ……戦争だけでも憂鬱じゃのに、更にすこぶるやる気が出ないわい」

その言葉を口にした瞬間、ジュナの眉がピクリと動く。

そして、徐に立ち上がって天幕の入り口へと手をかけた。

「おい、どうしたジュナ？」

「……ごめん、アレン。今回の戦争、やっぱり私は参加したくない」

何故？　とアレンが口を開こうとする。

しかし、それよりも先にジュナはロザリオを首元から取り出した。

「……私にこれをくれたの、アイシャだから」

心地よい風が地面から生える草を靡かせる。

それだけではなく、アレンの視界では月光と見紛うほどの美しい金髪も一緒に揺れていた。

天幕から少し離れている場所。警護の人間が少し先に見える中、アレンはゆっくりと足を進める。

向かうのは警護の人間……ではなく、澄み切った青空を見上げるジュナのもとであった。

「……空、綺麗だね」

アレンが近づいたのに気づいたのか、ジュナが口を開く。

「こういう時には昼寝でもしてみたいもんだ。ここなら羊を数えながら寝転がっても背中が痛くならなそうだからな」

「……膝枕、してあげようか？」

「心の底から魅力的に思えるご提案なのだが……ッ！　や、やめておこう。うちのメイドは嫉妬深いんだ、違う子の太股に浮気したらどの関節が悲鳴を上げるか分かったもんじゃない」

脳裏に頬を膨らませながら足関節技をキメる少女の姿が浮かぶ。

日頃から受け慣れているとはいえ、痛いのは変わりないので思わず身震いをしてしまった。

「……それで、どうして私のところに？　戦争に参加しないから怒ってる？」

「馬鹿言うな」

アレンは吐き捨てるように否定したあと、ゆっくりとジュナの横に腰を下ろした。

「元より、ジュナは戦争に参加する人間じゃない。捕虜……の扱いにしては束縛なさすぎだが、ここでジュナを責め立てるのはお門違いだ」

「…………」

「それに、知り合いに拳を向けろなんて口が裂けても言えねぇ。正当な理由があるならまだしも、今のジュナには皆無だ」

手伝ってくれれば間違いなく助かる。

けれど、それは本人が嫌がっているのに望むものではない。

目先の利益はある。ジュナが参加すれば間違いなく早く戦争は終わるし、早く帝国から一部の領土をもらえる。

だが、本人に嫌な決断をさせながら手に入れるのであればアレンは間違いなく回り道をするだろう。

むしろ、敵側に回らないだけでもありがたい話だと思っている。

「……変わってるね」

「不思議なことに、よく言われるんだ。とはいえ、戦争がしたくないって思うのはごく一般論だと思うんだが……そこんとこ、どう思う？　ちなみに俺は今でも世界平和を願う派」

「……アレンと戦うのは、楽しかった」

「おっと、俺だけに矛先を向けるのか!?　もう少し世界に楽しさを見出（みいだ）そうぜ!?」

スミノフとどこか似ているお隣さんから、アレンは思わず距離を取る。

その慌てっぷりを見て、ジュナは口元を綻ばせた。

「……魔術師は本来、戦場でこそ輝くのに」

「いいか、俺はすでに名声もお金も手に入れている王子様だぞ？　これ以上体に鞭打（むちう）って手に入れられるもんがあるなら逆に教えてほしいね」

「……って言いながら、この前の戦争は何も手に入れられないのに拳を握ってたくせに」

「いや、鉱山の半分が手に入るから戦ったってだけで……結局、見晴らしのいい瓦礫（がれき）に変貌したけどさ」

ジュナは今の言葉が嘘（うそ）だと知っている。

捕虜として王国にいた際、色々なところからアレンがどうして拳を握ったのかを聞いた。

――己を嵌めた女の子を救うために。

これのどこに利益があるのか？　もちろん、聖女との関係を築けるという点ではメリットだろう。

しかし、それだけであれば優勢だった鉱山を占拠していた候補者側につけばよかった。妹のためだったとしても自分を嵌めた相手なのだ。

それでも拳を握ったということは……つまり、そういうことなのだろう。

「……アレンは変わってるね」

「だから、別に変わってないって」

「……アレンと一緒にいるのは、楽しい」

ジュナは徐に己の胸に手を当てた。

「……ふわふわするの、一緒にいると。戦っている時はワクワクして、この人と戦うのは楽しいって思ってた。でも、それだけじゃなくて……一緒にいるだけで、胸がポカポカする」

「…………」

「……魔法国家にいた時は、こんなことなかった。ずっと退屈で、ずっと寝ていたかった。どこの国と戦争しても、同じ気持ちにはなれなかった」

靡く金髪に日の光が当たって淡く輝く。

元々美しい女性だ。乏しかった表情に柔らかさが滲んだだけで、見惚れるほど美しい光景に変わる。

「……本当に毎日退屈だった。そんな時、魔法国家にある教会に足を運んだの。一種の暇つぶしっていうか、なんというか。神様にお願いしたら何か変わるかなーって」

「じゃあ、その時に出会ったのが――」

「……うん、アイシャ。私が出会った時はシスター見習いだったけど、まさか聖女になってるとは思わなかった」

ジュナは首元からロザリオを取り出し、そっと大事そうに握り締めた。

「……だから、神様にもアイシャにも感謝してる。だって、アレンと出会わせてくれたから」

アレンはその言葉を受けて、少しの沈黙を作る。

しかし、それもすぐに終わってゆっくりと腰を上げた。

「エレミスにお願いして、この戦争で勝利した時はお尻ぺんぺんだけにしてもらおうかー」

「……えっ？」

「本当ならここで投げ出して美談の肩入れをしたいところだが、残念なことにこっちも色々縛られる側なもんでね」

いや、そういう話じゃなくて。

戦争を仕掛けた人間に温情を与えていいものなのかと、ジュナは思わず口を開こうとした。

だが、アレンはにっこりと笑みを浮かべて――

「任せろ、俺はこう見えて女の子の笑顔を守ることだけは得意なんだ。うちの野郎達(たち)も、わざわざ神聖国の宝石を汚(けが)そうとも思わねぇ。エレミスが首を横に振るんだったら、そん時はうちの野郎共を引き連れて回れ右でもするさ」

あまりにも清々(すがすが)しく、それでいて……胸が温かくなるような言葉。

聞いただけで安心し、心のモヤが少し晴れていくような。

ジュナは、アレンの言葉を聞いてまたしても口元を綻ばせる。

「……その時は、私も戦ってあげる」

「百人力よありがとう。まぁ、この戦争が終わったらまた王都で遊ぼうや。まだまだうちの魅力は伝えきれてないからな」

回想～？？？～


最近、魔法国家にあるうちの教会に珍しい人が足を運ぶようになった。

金髪の女性。あんまり表情が変わらないから少し話し難いけど、すっごく美人さんだ。

けど、美人っていうだけじゃなくて。

その人は、魔法国家で有名な賢者のお弟子さんなんだよね。

（あ、今日も来てる……）

昼下がり。皆がお昼を食べ終わる頃。

早めに食事から戻ると、いつの間にか礼拝堂にその人はいた。ちなみに、昨日も。

熱心な信徒さん？って初めは思っていたんだけど、ちょっと違うみたい。

だって、お祈りするだけじゃなくてただただボーッと天井を見上げることがあるから。

『あ、今日も来てる』

『賢者のお弟子さんって、魔法にしか興味がないんじゃないの？』

『き、機嫌損ねたら殺されちゃうかな……？』

あとから戻ってきたシスター見習い達がヒソヒソとそんなことを言って、そそくさと礼拝堂の奥へと向かってしまった。

本当なら、タイミングを見計らって信徒の悩みを聞くのがシスターのお務め。

でも、声をかけられないのは相手が魔術師……それも、魔法国家のナンバーツーの実力者だからだろう。

いくら魔法国家の教会で働いているとはいえ、ほとんどの聖職者が神聖国から派遣されている人。私も例外じゃない。

だから、一応の敵国で……何かあれば殺される可能性もある。だから皆怯えてるんだ。

（そんなに怯えるような人かな？）

あんなに苦しそうなのに。

「よしっ！」

私はそんな賢者のお弟子さんに……今日、ようやく話しかけることにした。

「あの、いつも来てますよねっ！」

私が声をかけると、ゆっくり賢者のお弟子さんがこっちを向いてくれる。

初めて間近で見て改めて思うけど、やっぱりすっごい美人さんだ。

「……あなたは？」

「あ、あー……ごめんなさい。私はここのシスター見習いで、アイシャ・アルシャラです！」

「……私はジュナ」

ジュナさん、かぁ。

ちょっと覇気?的なものがなさそうな声だけど、いい人そう!

「それで、ジュナさんは何か主にお願いごとでもあるんですか?」

私は話しやすいように、ジュナさんの隣に座る。

するとジュナさんは少し考えて——

「……息が詰まる」

「え?」

「……この国は息が詰まるなぁ、って。だから神様にお願いしてた」

楽しいことがありますように、と。

ジュナさんは天井に張られたステンドグラスを見上げる。

その時の表情は、やっぱり……苦しそうだった。

(魔法の天才が……こんなに苦しそうなんて)

お金も才能も、全てを手にしている女性。

なのに、息が詰まるなんて……どういうことなんだろう? そういえば、前にセレスティン伯爵家の神童って呼ばれていた女の子が亡命したって話があった。

あの子も才能があって家柄もいいのに、全てを捨ててこの国から去っていった。

もしかしたら、思っている以上にこの国は——

「……不思議だと思う？」

「えっ？」

「……皆そんな顔をする。私はなんでもできるし、なんでも持っているのに何が不満なんだって」

ジュナさんは軽い調子で手を天井に向かって振った。

すると、一瞬にしてステンドグラスの天井が澄み切った青空へと変わる。

「わぁっ！　け、景色が変わった！　すっごいっ！」

「……『違う景色を（オーロラ）』って魔法。昨日知って今日できるようになった」

魔法は高度な武器だと聞く。

魔法国家にいるから感覚がおかしくなるけど、基本的に魔法を扱える人はそもそも数が少ない。

私がいた神聖国では、少なくとも周りに使える人はいなかった。その代わり、聖女様のような主からの恩恵っていう不思議な力があるんだけど。

話を戻すけど、それぐらい難しいんだ、魔法を扱うのは。

なのに、彼女は昨日の今日で新しい魔法を習得した。

たった一年で、魔法士の頂きである魔術師へと成ってしまった。

「……私はなんでもできる。そういう才能があるし、そういう風に作られた」

「ジュナさん……」

「……だから、お願いに来てる。いつか、息をするのが楽に……ううん、楽しいことが見つかりますようにって」

才能がある人間は決して恵まれているわけじゃない。

不満があって、不幸があって、不安があって。

傍から見ていると羨ましいって思うかもしれないけど、結局は隣の芝生が青く見えるだけなんだろう。

ジュナさんも、結局私達とは変わらない……うん、主の教え通り——

「皆、平等だもんね」

「……アイシャ？」

「これ、あげますっ！」

私は胸元から取り出したロザリオをジュナさんに手渡した。

すると、ジュナさんは不思議そうに首を傾げる。

「……これ、信徒の証。私、信徒じゃないよ？」

「いいんです！　同じ神様にお祈りする者同士、皆等しく信徒です！」

そして、賢者のお弟子さんも私達と同じなんだ。

だから、住んでる国が違っても信徒であることに変わりはない。

「ジュナさん」

私はジュナさんの手を握って、満面の笑みを浮かべた。

「いつか、あなたの願いが届くといいですねっ！」

ジュナさんは、何度も足を運んでくれた。

私もたくさんお喋(しゃべ)りした。

楽しかった。本当に。色々なことが……、楽しかった。


そして、あれから数年。

私は女神様に選ばれて、シスター見習いから聖女になった。

立場は確かに変わった、環境も。今は魔法国家じゃなくて神聖国で暮らしている。

でも、気持ちはあの頃から何も変わっていない。

だから、私は戦争を起こした。

だって、私が戦う理由(たいぎ)は――

今回の戦争の勝利条件は神聖国の軍を率いている聖女による降伏だ。

本当は首を討ちとって……という勝利条件もあるのだが、アレンとしてはこの路線はなくしたい。

何せ、ジュナの知り合いなのだ。

元よりあまり殺傷を好まないアレンの性格だったり、事情を説明して「ばっかもんっ！　可愛い女子を殺せるわけなかろう!?」という反応をエレミスからいただいたこともあって、そもそもその勝利条件は消えた。

故に、当面は『無駄な殺傷をせず、戦力を削って聖女であるアイシャの戦意を削ぐ』のが目的となる。

そのためには、もちろん相手の戦力を削って白旗を上げさせる必要があるのだが――

「減らねぇ、敵がッッッ！！！」

青空の下、味方と敵の雄叫びが広がる戦場のど真ん中で、アレンの叫びが響き渡る。

戦場は場所を移して、拠点としているところから3ｋｍほど離れた場所。

正面から戦り合う戦争とはいえ、何も毎度ご丁寧に正面からやって来るわけではない。

角度を変え、アプローチを変え、人数を変え……そして、場所も変わる。

場所を移動したおかげか、視界の先には草原一辺倒だった景色に木々が映り込んでいた。

とはいえ、戦場全体に若干霧がかかっていいて見えづらいが。

「なに!?　敵さんは多少カラスにやられても気にしませんっていう案山子ばかりなのか!?

いいじゃん、労れよ自分の体！」

「当たり前ですよ、ご主人様」

アレンが近くにいた兵士の頭を地面に叩きつけていると、ふと霧の中からメイドの少女が姿を現す。

「此度の戦争では神聖国の象徴である聖女様が控えております。普段であれば使い物にならなくなる負傷兵も回復して戦いますから」

「ちくしょう……美少女ナースにナニの元気をもらったからって働かんでもいいだろ。好感度を稼いでも得られるのは野郎の剣だけじゃん!?」

「向こうとしても、それだけの大義があるのでしょう。でなければ、戦争に非積極的な神聖国が躍起になるとは思いません」

「そりゃそうだ、なんせ神聖国はあの可愛いダイヤモンドが象徴なんだからなっ！」

霧の中に稲妻が走り始める。

セリアは小さくため息をつくと、一歩だけ下がった。

『来るぞ、英雄の魔術だ！』

『退避！　できるだけ距離を取れ！』

『魔術師相手に俺達（たち）だけで戦おうとするな！』

　霧に包まれている中からそんな声が聞こえてくる。

　しかし、それでもアレンは言葉を紡ぐ。

逃げようが関係なく――英雄の魔術は声に向かって牙を剝（む）いた。

「我の覇道は他者が逝くまで続く（ルースズン・クラン・アルシャン）」

　頭上に向いていた雷は収束を始める。

　一本の柱から曲がり、集い、形を成して……ついに、青白く発光する球体へと変わった。

　アレンがそっと指を向けると、球体は地面を抉（えぐ）りながら確実に神聖国の兵士を飲み込んでいく。

　巻き込まれた兵士は押し潰されることはなく、ただただ口から煙を吐き出して倒れていった。

「ご主人様、殺さなくてもよろしいのでしょうか？」

「どういう大義かは知らんが、こいつらだって帰る家はあるだろ。手を抜いて戦争を長引かせたくはないが、摘まなくてもいい命まで摘もうとは思わん！」

「ふふっ、お優しいですね。特等席で観（み）ていた私は思わず主演の活躍に惚（ほ）れてしまいそうです♪」

セリアの可愛らしい笑顔がそれに似つかわしくない戦場に生まれる。

その時、背後から神聖国の兵士が現れ、セリア目掛けて剣を振るった。

『獲った、魔術師ッ！』

しかし――

「馬鹿め、レディーには優しくするもんじゃろうが」

――割り込んできたエレミスの刀が、兵士の剣を斬った。

『んなッ!?』

「驚くことじゃなかろうて」

兵士は真っ二つになった剣を見て情けない声を上げてしまう。

エレミスはそのまま男の懐へ潜り込み、的確に顎を打ち抜いていく。

神聖国の兵士はそのまま白目を剝いて倒れ、和服美女は小さく鼻を鳴らした。

「今時他人の剣を斬るなんて珍しくもないわい」

そうは言いながらも、後ろにいる王国の人間は――

「(な、なぁ……刀ってあんなに切れ味よかったっけ？　それとも和服クオリティがあったからこそできた芸当？)」

「(さ、流石に和服クオリティで斬れるようなものではないと思うのですが……だとしたら、今頃島国産の兵器で溢れていますよ、戦場は）」

　魔法を使えば斬れないこともない。

　いや、正確に言うと砕くことしかできないだろう。アレンであれば雷によって発生した熱で溶かすことはできる。セリアであれば極限まで剣を冷却して砕く。

　だが、これは違う。

　明らかに刃物によって斬られたような滑らかな断面。

　……訂正しよう。

　実際に刀で斬ったところを目撃してしまっているのだ。斬られたようなではなく、斬ったのである。

「（レティア国ってぶっちゃけあんま印象なかったんだけどさ……もしかして、王妃様って実は学園の催しで踊ったら各方面から声がかかるほどダンスが上手かったりする？）」

「（わ、私にはなんとも。それに、そもそもあの身のこなしだけで箱入り娘を卒業できるかと思います……）」

　アレンもセリアも分かっている。

　間近で見たからこそ理解したというべきか……この芸当は、決して刀のせいではなく本人の技量によるもの。

　エレミス・レティア。

ただの女好きかと思えば――

「さっすがは王国の英雄じゃの！　先程見たが、変わらず凄い魔術じゃ！」

「あ、あはははは……」

――スミノフ以上の、実力者なのかもしれない。

『はっはっはー！　戦争はこうでなくちゃなァ！！！』

そして、勝手に比較対象にされたスミノフの声が何故か戦場で際立つ。

それは次々と巨大な剣で敵を薙ぎ倒しているからか、はたまた一人だけ戦争に楽しさを見出しているかは分からない。

とはいえ、スミノフの活躍のおかげでアレン達も幾分か楽な戦いをしていた。

まぁ、王子が矢面に立たされて涙が出そうな戦争をさせられているのには変わりないが。

「……なぁ、今思ったんだけどさ。もしかしてどの国にトンズラしても戦争ってあるもんなのかな？　隠居すれば平和な生活が送れるって夢はまやかし？？？」

「今更気づいたのですか？　どのお国もお手を取り合ってラブとピースを見せつけるだけ見せつけて、結局は利益にピースサインですよ」

がっくりとうな垂れるアレンの横で、セリアが手に乗った霜に息を吹きかける。

すると、風に乗った霜が相手の体に付着し、綺麗な氷のオブジェを作り上げた。

「お、おぅ……分かってはおったが、魔術師というのはこうも人外なのか。背中に抱き着かれたら流石に美少女相手でもゾッとするわい」

　刀で次々と敵を葬っていくエレミスがそんなことを口にする。

「今後、私にナイフを持たせるようなことがないのを期待しますよ。それにしても、よろしいのですか？　王妃自ら戦場に赴いても？」

「高みに座ってチェスに興じるのは性に合わなくてのぉ。指揮者として、部下のモチベが上がるよう前に出る主義なのじゃ」

「……どこかの自堕落希望王子に聞かせてあげたいセリフですね」

「うちの馬鹿共は上に女の子が座ってるだけでモチベが上がるからいいの！　なんだったら鞭で叩かれても必死に走るから！」

　っていうか普通はお偉いさんは剣を握らんだろうに、と。

　アレンは大きなため息をついて、生んだ雷を敵陣目掛けて投擲していく。

「しっかし、まぁ……今更だが、あんなに優しい子がいるお国がこうして戦争しているって考えると、現実って儚いんだなって思い知らされるな」

「確かに、ソフィア様が嬉々として剣を掲げたら何故か涙を浮かべてしまいますね。お子さんの反抗期が悪化した時、母親はどのような感じなのでしょうか？」

「きっと同じように涙を浮かべるんじゃねぇかなぁ？　だからきっと、スミノフのお母さんは今頃泣き疲れてるよ」

どうしても、アレン達には『神聖国は優しい子ばかり』という印象がある。

もちろん、それは以前出会ったソフィアという女の子の影響が大きいだろう。

妹のために行動でき、嵌(は)められたものの他者を重んじ、優しい子だと一発で分かってしまうような性格。

そんな子が所属している国で、その子が推している候補者と同じ派閥。

だからこそ、こうして戦争を起こしてこうして敵になっているのは幾分か悲しく思えてしまうのだ。

「っていうか、なんで後継者のために戦争するのかね？　向こうの聖女も悪いやつではなさそうなんだよなぁ……」

「なんじゃ、可愛い子じゃと聞いた傍(そば)から鼻の下を伸ばそうとしておるのか？」

「……ご主人様」

「違うって。単にジュナの態度的な話を総括してだな!?　だからそんな冷たい目をしないでご馳走様(ちそうさま)ですっ！」

ジュナの様子から察するに、アイシャという聖女はそれほど嫌な人ではないと思っている。

もちろん、セリアとアレンのような仲とまではいかないが、少なくとも好意的ではあるのだろう。

そうでなければ、一度参加を表明した戦争を辞退などしないはずだ。

少しの時間を経て分かったが、ジュナはあまり人に関心を抱かないタイプ。

何せ、己の国の人間にすら平気で牙を剝いたのだから。

そんな彼女が庇うなんて、よっぽどよくしてもらったのだろう。

「まぁ、信徒だからという理由もあるのでしょうが……真面目な話、確かに悪い人ではないように思えますね、個人的な意見ですが」

「妾としては美少女に可愛い以外の要素があるのは嬉しいことじゃな。何せ、増えれば増えるほど『美少女を殺さなくて済む』説得材料が手に入るからの！」

「天幕で傷を癒している部下が聞いたら泣きそうなセリフだな」

「大丈夫じゃろ、こう見えてもうちの部下は別に殺し好きだとは思わん。生かして終わるのなら、それに越したことはないわい」

そのセリフはどこか納得できるもので。

不思議と共感できてしまったことで、アレンのエレミスに対する好感度が上がった。

「そっちの部下も恵まれてるな。うちの部下と同じだ」

「敬愛する馬鹿共は下心という名の正義ですけどね」

「待て、妾も下心じゃぞ!?」

「なんで今自ら評価を下げに来た!?」

セリアの冷たい目を向けられて、頬を赤くするエレミス。

せっかく好感度が上がった和服美女も、残念美人にクラスチェンジしそうであった。

「はぁ……とはいえ、どちらにせよこの戦争を早く終わらせることには変わりないがな」

「そうですね、早く終わらせてご主人様に存分となでなでしてもらわなければ」

「え、じゃあ俺は膝枕してほしい」

「ふふっ、承知しました」

何イチャイチャしてんじゃ、と。

ご褒美が他所に向かってしまったことで、一気に不満気になったエレミス。

すると――

「……ん？」

――エレミスの手が止まり、何故か端の景色に視線を向けた。

「どうした、王妃殿？」

「……いや、なに。ちと不思議に思ってのぉ」

固まるエレミスの視線の先。

そこにはようやく見えた草原の終わりを象徴する木々が小さく映る。

「妾ら、いつの間にこんな場所まで来たんじゃ？」

先の戦いでもまた無事に相手を退かせることができた。

怪我を負わせて帰らせてもゾンビが復活するだけなので、できるだけ捕虜を確保。

食料問題に頭を悩ますところだが、徐々に優勢になってきているのは事実。

アレンとセリアが突貫して本陣を攻撃したいところだが、未だに聖女様がどこにいるのか分からない。

長引いている戦争に嫌気が差すが、それはそれ。

何せ――

「お風呂に入るのじゃ！」

「おー！！！」

『『『『うぉぉぉぉぉぉぉぉぉぉぉぉぉぉぉぉぉぉぉっ！！！』』』』

目下、楽園がそこにあるのだから。

「まったく、ご主人様は……」

「すげぇな、大将も。どこかしら遠足に出掛けたら一回は行うシチュエーションになりつつあるぞ、これ」

外野にいる頭を抱えたセリアとスミノフが、それぞれ頭のおかしいやる気に満ちた光景に反応を見せる。

日も暮れ、綺麗な夜空の下松明の光に照らされた拠点では、敬愛する馬鹿共にエレミスが加わって何故か円陣を組んでいた。

「王国の英雄よ、準備はできておるのだろうな？」

「ふふふ……無論です王妃殿。我らが同胞の手にかかれば、風呂の準備など容易。あとは美少女が加わるだけで鼻の下を伸ばせるような光景にお目にかかれることでしょう」

「ぬふふ……お主も中々悪よのぉ」

エレミス・レティア。

野郎共が覗く対象にもかかわらず、完全に変態枠と同化している。

恐るべきというかなんというか。己の身を削ってでも美少女の裸体が見たいという意欲は正しく戦場に突貫する兵士のようであった。

「……なぁ、堂々と聞こえてんだが、いいのか？」

「よろしくありません。私はご主人様一人にしか心を許した覚えはないですもん」

「そのセリフ、大将に直接聞かせてやればこっち側に来てくれると思うんだが」

となると、やることは一つ。

あの馬鹿共をどうやって黙らせるかだ。

「武力行使一択」

「……だよなぁ」

そしてここに、戦場でもないのに大戦力が動き出す。

己の裸を守るために。そう、そもそもアレンと二人っきりなら抵抗はないが、流石に大勢に覗かれるのはメイドとしても恥ずかしいのだッッッ！！！

『な、なんだ!? 姫さんと兵士長が拳を鳴らしながらやって来るぞ!?』

『まさか、俺達の覗きを止めようと!?』

『だが、ここで引き下がるわけにはいかない……！』

二人に気づいた敬愛すべき馬鹿共が剣を抜き始める。

しょうもない理由で身内同士の争いが始まろうとしていた。

「……来るか、セリアよ」

加えて、またしても馬鹿一人がエレミスを引き連れて前へと出る。

「止めても無駄だ。正直に言おう……俺はどうしてもセリア達の裸を覗きたい！」

「いえ、時と場所と責任を考えてくださったら別に構わないのですが――」

「たとえ身内同士で争うことになろうとも、この想いだけは誰にも邪魔させないッッッ！！！」

無駄にかっこいいセリフの裏が下心でいっぱいなのは恐れ入る。

本当に場所と時と、見たあとの責任を考えてくれたら見せるのに、と。セリアは求められていることとそういったこともあって内心複雑であった。

「っていうか、王妃様はそっちでいいのか？　見られる側だぜ？」

「フッ……己の身が可愛くて夢は叶えられんよ、若者よ」

だからどうして、こいつらは下心が無駄にかっこいいセリフで包まれるのだろうか？

『さぁ、やってやろうじゃねぇか！』

『大人しく負けて目の保養になりやがれ！』

『たとえ姫さん相手でも、負けるわけにはいかねぇんだ！』

戦争する時よりもやる気に満ちた雄叫び。

一応、この場にはレティア国の女性兵士もいるのだが、どうやら馬鹿共は向けられる侮蔑しきった視線など気にしていないようだ。

「っていうか、なんで俺は姫さん側にしれっと参加させられる流れになってんだ……」

魔術師一人と兵士長一人。対して敵は戦闘の鬼神一人と王妃一人、王国兵三百人。

己の身を守ろうとする者と、楽園を求める者。

両者それぞれの想いを賭けた戦いが、今始ま――

『敵襲ぅぅぅぅぅぅぅぅぅぅぅぅぅぅぅぅぅぅぅッッッ！！！』

――ろうとしたその時、拠点にそんな声が響き渡る。

何事かと、皆の背筋が伸びた瞬間、頭上が真っ赤に煌めいた。

それは、巨大な火の玉。拠点全体を覆うほどの数で。

「ッ!?」

真っ先に動いたのはアレンであった。

雷で形成した球体を生み出し、頭上へ飛ばす。

火の玉が接近したタイミングで破裂させ、雷の波が拠点全体を覆った。

「なんじゃ、何故敵襲が!?」

「ここは見晴らしのいい場所だろ! 襲撃される前に接近に気づくはずじゃねぇのか!?」

アレンとエレミスの驚愕の声が耳に届く。

拠点にいる人間はすぐさま警戒態勢に入り、戦闘態勢に入るために散らばっていった。

「いや、それよりも――」

もう一度来る、火の玉が。

美しい夜空を覆い尽くし、容赦のない猛威が降り注ごうとした。

飛んでくるのは、もちろん……神聖国側から。

「神聖国がこんな魔法使えるわけがねぇだろ! なんで魔法国家が神聖国についてんだ!?」

二国間で行われている戦争の拮抗。

そこに、第三者が介入する。

神聖国が魔法を扱うことは滅多にない。

正確に言うと、他国も同じことである。

連邦は己の最新兵器がメインの武器となっているし、神聖国には聖女を守るための不死の騎士がいる。

強いていえば、扱うのは軍事力にものを言わせる帝国ぐらいだろう。

それでも数は少なく、戦場に現れるとしても大規模な戦争でない限り両手で数えられるほど。

つまり、魔法が飛び交った時点で――――自ずと発信元を導き出せてしまう。

「あー、くそっ！　悠長にレディのお風呂も覗かせてくれないのか、世界っていう人はッ!?」

「世界さんのナイスファインプレーですね」

「ダメだ、絶対に世界さんとはウマが合わねぇ！」

アレンとセリアが一気に丘を駆け下りていく。

先にはレティア国の兵士と――――

『あいつら絶対に許さない……！　我らが姫さんのお裸を！』

『おっとり美人の入浴シーンを邪魔した恨み……ッ！』

『和服美女なんて滅多にお目にかかれない属性なのにィ！　ぶっ○してやるッッッ！！！』

……想像以上に憤慨している、王国兵の突貫している姿が。

絶対にこの光景は夜分遅くにお邪魔しただけでは生み出せないだろう。

野郎の下心からくる執念を垣間見た気がした。

「しかし、何故魔法国家がこんなところにいるんじゃ……？」

一緒に丘を駆け下りながら、エレミスは呟く。

隣を走っていたセリアは、野郎達の向かっている先を見て返答した。

「どうせ、聖女様と手を組んだのでしょう？　この前私の友人から聞いた話ですと、私達が行った戦争も教皇との関係を作るためみたいでしたし」

空白地帯で行われた鉱山奪取戦。

そこでは、聖女を巡って神聖国が起こした戦争に魔法国家が絡んでいた。

敗北し、少しばかりの和解をした友人であるモニカから話を聞いたところ、結局魔法国家は『勝ち馬との関係を築きたかった』から戦争に加担したという。

すでに席に座っている教皇より、新しく座った教皇の方が関係も密になりやすい。

自分達と同じ大国のトップ……深い接点があるだけでも充分な利益を望める。

そのため、前回はソフィアを狙って教皇戦を勝ち抜こうとしている候補者を後押ししたのだ。

もしかしなくても、今回はその延長戦――馬を乗り替えて、新たに聖女経由で競馬に参加しようとしているのかもしれない。

「うーむ……まぁ、神聖国に比べれば人気の低い馬ではあるがのぉ……」

勝手に別の思惑を乗せられて不満なのか、エレミスは分かりやすく眉を顰める。

「んなことはどうだっていい――」

アレンがひとまず先に飛び出し、戦場に向かって叫んだ。

「さぁ、今宵も戦争だ！　思想主義関係ねぇ、うちの女の子が困ってんだ！　傍迷惑なレディーに躾すんぞ、気張れや馬鹿共ッ！」

『『『『うぉぉぉぉぉぉぉぉぉぉぉぉぉぉぉぉぉぉぉっ！！！！』』』』

あれこれ考える前に、目の前の敵を。

自分達は安全圏でふんぞり返りながら戦場を動かしているわけではないのだ。味方と己の命のために目下の戦争に集中しなければならない。

そして、徐々に暗闇が支配していた草原から神聖国の兵士達の姿が浮かび上がる。

浮かび上がったのは残念ながら月明かりのおかげではなく――先程と同じ、火の球体が戦場全体に降り注いだからだ。

「おいおいっ、王様を歩かせるために整備するにしては周りを考えなすぎだろ!?」

敵味方容赦なし。

明らかに飛んでくる火から広範囲で確実に葬ろうという意思を感じ取れた。

「流石、魔法士共(クズ)は容赦を知りませんね」

セリアが立ち止まり、頭上へ視線を向けた。

何かを向けるわけでもなく、何か大きなモーションを見せるわけでもなく。

「愛する貴方へ愛の贈り物を(アレット・セルベア)」

頭上の火の玉が、一瞬にして蒸発した。

『『『『ッッッ!!!!????』』』』

その息を呑(の)む音は味方なのか、敵なのか。

分からないが、とにかく戦場を走っていた兵士のほとんどが頭上を見上げて驚いていた。

蒸発した煙はすぐさま空間を舞い、メイド服を着た少女はそのまま溶け込んで消えていく。

(ははっ!　やはり、随分と可憐(かれん)な皮を被(かぶ)った化け物がいたもんじゃのぉ!)

走りながら、エレミスは思わず笑ってしまう。

これが味方だというのだから心強い。魔法国家がどんな理由で介入してきたかは分からないが、二人がいると妙に安心する。

とはいえ――

「こっちも正念場。ご褒美があることを期待して、ちょっとばかし本気でいこうかのぉ」

和服美女は腰にある刀を抜く。

いつの間にか、そこには白銀に輝く一際目立つ甲冑を着ている騎士が一人。

「……何故邪魔をする？」

「はて、邪魔とな？　戦争に正義も悪も存在せんのは理解しておるが、手出しの話で行くなら異議を唱えるぞ？」

「…………」

神聖国の聖騎士。

聖女が生きている限り死ぬことが許されない……異分子。

それがようやく戦場に顔を出しているということは、向こうも総力を挙げて最終局面に踏み切ったのだろう。

エレミスの額に緊張から生まれた汗が伝う。

その時――

「前回は相手にできなかったが、心優しいダイヤモンドありきの騎士がどこまで戦れるかお手並み拝見といこうかッ！」

「～～～ッ!?」

青白いエフェクトと同時に、二つの物体がエレミスとの間に割って入る。

白い甲冑を着た騎士はそのまま地面をバウンドしていき、最終的にはアレンだけがこの場に降り立った。

「お邪魔だったかね、レディー？」

「いいや、面白い客を連れてきて客席（わらわ）が沸いたぐらいじゃ」

さぁさぁ、ここから。

思想と主義を合わせた化学反応から始まった戦争は、ついに最高潮を迎える――

「…………」

そして、彼女は一人夜空の下を歩く。

聖騎士は、護衛する聖女が生きている限り死ぬことは許されない。

そこに例外はなく、たとえ火炙り（ひあぶ）にしようが、首をもごうが、遥（はる）か深くの海の底に落とそうが、苦しむだけで死なない。

故に、対処法は以前セリアがやってみせたように……一撃で意識を刈り取ることだ。

「死なねぇ不死だろうがなんだろうが」

アレンは目の前にいた聖騎士の頭を摑む。

人体の中枢。電気信号によって体を動かしている脳に、アレンは容赦なく過電流を流した。

「がッ……!?」

「魔術師相手じゃ、それもオプション程度だろ」

聖騎士の振るおうとしていた剣が地面に乾いた音を残して落ちる。

大混乱も大混乱。乱戦となった戦場に、青白い確かな光が広がった。

「ほれ、お次じゃよ英雄殿」

声と共に、頭蓋が己に向かって放られる。

「絵面！　絵面がお茶の間に見せられないようなものに!?」

「戦場におる時点でお茶の間の子供には見せられないじゃろうて。この人数で大規模なヒーローショーをしておるなら、お茶の間の子供も大興奮じゃがの」

アレンは宙を舞う聖騎士であろう頭蓋に向かって雷を飛ばす。

なんていうか、死なないと分かっていてもかなり酷い絵面である。

それ以前に、あの華奢な細い腕でどうやって首を斬り落としたのだろうか？　頭が転がって倒れていく胴体に戻っていく光景を見て、アレンは思わず頬を引き攣らせた。

「これで二人。お主がおるから、聖騎士相手でも楽勝じゃわい」

「ご期待に添えられたようで何より……俺は明日ご飯を食べられるかどうかが心配だよ」

「吐いたら優しいメイドがかいがいしく背中をさすってくれるじゃろ、羨ましいのぉ」

とはいえ、二人の聖騎士は倒した。

あとは四方に広がっている戦争に参加して数を減らしていけば――

「二人、倒されたか」

頭上に影が差し込む。

月明かりに照らされた薄暗い空間に現れた影に、アレンは思わず顔を上げた。

すると眼前には白い甲冑を纏った銀の髪の女性が、そのままアレン目掛けて大槌を振るう姿が映る。

「～～～～ッ!?」

咄嗟に両腕で頭を守ったが、押し潰されそうな程の威力がアレンへ与えられた。

「戦場でも俺は人気枠なのかね……ッ！　ファンが押し寄せても、サービスは遠慮するように事務所から言われてるんだが！」

やられたらタダでは済まさない。

巨大な槌は金属製。アレンは帯電している電気を槌へ移動し、電導を誘発させる。

「ッ!?」

一瞬の硬直。

普通の人間であればこのまま気を失うのだが、意識を保っているのは聖騎士特有の耐久力(タフネス)故か。

アレンは体をズラすことによって大槌を避(よ)けると、聖騎士の女性目掛けて蹴りを放った。

「さ、すがは英雄……ッ！」

大槌を手放さなかった聖騎士はそのまま後ろに後退していく。

すぐさま攻撃のモーションに入らないのはアレンの魔術の余韻か？

それとも――

「……だが、違う」

「何が？」

「ザックから、君は利益よりも誰かのために拳を握る優しい英雄(ヒーロー)だと聞いた」

アレンは手首の感触を確かめながら首を傾(かし)げる。

「であれば何故(なぜ)立ち向かう？　君がしている行動は、君の性格に反しているのではないのか？」

「何も間違っちゃいねぇだろ。この場にいるのは帰る家がある奴(やつ)ばかりだ……昨日の友が敵になって妬(や)いてんのか？　美女が新しい属性つけてやって来るのはいいが、意味不明な嫉妬はウザがられるだけだぞ？」

「……そのためなら、女の子一人が泣いてもいいと？」

聖騎士が地を駆ける。

先程相対した聖騎士とはどこか違う。もちろん、持っている武器は変わっているが、それだけじゃない。

（こいつ、今までの聖騎士よりも強いな……）

可愛い形して何してんの、と。

アレンはため息をついて聖騎士の女性に向かって拳を握る。

「加勢はいるかの、英雄？」

「いらねぇよ、加勢なんて！　これ以上女が増えたらうちのメイドが嫉妬するもんでね！」

後ろからエレミスの声が向けられた時、大槌が真横へと振られる。

サイズは胴体をまるまる覆えるほど。振られただけで、ほとんど逃げ場がなくなっている。

しかし、大振りになってしまうが故に胴体だけは空いてしまう。

アレンは空いた胴体へ潜り込むと、拳を振り上げようとした。

だが、器用なことに潜り込んだ懐から聖騎士の膝が顎目掛けて迫り来る。

「がっかりだよ、英雄。ザックから話を聞いた時は、密かに尊敬していたんだが」

「うるせぇ、自己中。元より、てめぇらが始めた戦争だろうが」

飛んできた膝を手で受け止め、アレンは首筋に蹴りを放った。

両手は塞がっている。膝で打ってきたために体勢も不安定。

そのため、アレンの蹴りは確かに直撃し――聖騎士は地面を転がっていった。

（……おかしい）

アレンは転がっていく聖騎士を見てふと思う。

（話が噛み合っているようで噛み合っていない）

確かに、アレンは利益よりも感情を優先する。

誰かが泣いているのなら望んで戦場へと向かうし、誰かに助けを求められたら拳を握る。

もちろん、これまで全ての戦争がそうだったわけではない。

今回のように、利益が絡んだ戦争など普通に行ってきた。

そこに落胆でもされたか？　しかし、今回は思想と主義が相違して起こった戦争――

というより、神聖国側から起こした戦争のはず。

なのに、何故自分は目の前の聖騎士の期待を裏切った？

まるで、この戦争で泣いてしまう誰かがいるかのような。

（いや、っていうかちょっと待て）

さっきまで敵味方関係なく魔法を撃ってきた魔法国家の連中はどこにい――

「ア、アイシャ様!?」

アレンの右脇腹。

そこに、一つの人影が潜り込んできた。

金の装飾をあしらった修道服の少女。ナイフを手に、確かな殺意を込めて突き刺そうとしてくる。

(意味が分からない……)

ここに死ねば戦争自体が終わってしまうはずの聖女がいることも、胸に残る相違しているようなモヤも、全部。

アレンは難なく少女の手首を摑むと、そのまま持ち上げた。

「いた……っ」

「おい、エレミス」

アレンは背後にいるエレミスに声をかける。

すると、ゆっくり和服の女性はアレンの横に並んだ。

「なんかこの戦争……少しおかしいぞ?」

「なんじゃ、妾がステージに立つ役者が腰を抜かしてしまうようなドッキリか何かを仕組んでおるとでも?」

「だったらわざわざ横に並んでこねぇだろ……そうじゃなくて、そもそもの前提が違うよ

うな……」

アレンが違和感を覚えている時、手首を摑まれて持ち上げられた修道服の少女がキツくアレンを睨む。

「……あなたのせいよ」

「あ？」

「なんなの……なんであなたまで私達の邪魔をするの？　あなたは、誰かのために戦える英雄じゃないの？」

少女の瞳から涙が零れる。

期待を裏切られた子供が、絶望しているかのように。

「だって、あの子は苦しそうだったんだよ？　ずっと、ずっと……私は変わったのに、初めて出会った時からあの子は変わらず。それで、今度はもっと酷くなるって」

そして、少女は口にする。

「私達は、私達の信徒を助けるために戦ってるの！　またあの子をあんな息苦しい国に閉じ込めるつもり!?」

この戦争の、大義を。

今回始まった争いの、前提を――

「おい……そういえば、今ジュナはどこにいる!?」

さて、今回の戦争に置いていた伏線を回収しよう。

まず前提として……この戦争は思想と主義の戦争、ではない。

では、何故神聖国はレティア国に攻め入ったのか？　結論から言うと、神聖国は特にレティア国を敵とは見なしていなかった。

結果として敵と認知してしまったが、そもそもレティア国が立ちはだからなければアレン達を巻き込むほどの事態にはなっていなかっただろう。

となると、何故戦争にまで発展したのか？

『うちの情報部は優秀じゃからのぉ。まぁ、今回は割かし情報が手に入りやすかったがの』

そう、情報が手に入りやすかった。ここがポイントである。

戦争を起こした当事者であれば事情を把握しているのは当たり前だが、いきなり戦争にまで発展させられた巻き込み事故の被害者は、何が起こったのかはすぐに把握できないはず。

にもかかわらず、情報がすんなり手に入った。相手とまともに話らしい話をしていないのに。

となると、考えられることは一つ——誰かが意図的に情報を流した。

二つ目の伏線だ。

『少し押されておるぐらいじゃ……が、想定以上に被害が少ないのが本音。正直に言うと、大国相手にここまで善戦できておるのがちと不思議での』

大国とも呼ばれる相手に善戦できるのが不思議なことは、前に語った通り。

実際のところ、アレンの言った「戦力が少ない」という意見は的を射ている。

ただ、用意している戦力が少なかったのではなく、用意していた戦力が知らぬ間に減っていたというのが正しいだろう。

ということは、神聖国はすでにどこかと戦っていた。

三つ目の伏線。

『妾ら、いつの間にこんな場所まで来たんじゃ？』

戦っている間に戦場が変わることなどいくらでもある。

常に戦局は変化していく。その中で上手い立ち回りを選んでいれば、留まっていることの方が稀。

しかし、レティア国と神聖国との間にある空白地帯全てが草原なのだ。

いくら戦場が動いていくとはいえ、真正面同士の戦いでレティア国の領土の証（あかし）である木々が見えるわけもない。

伏線は回収した。

あとは、答え合わせの時間だ――

「我々は神聖国とレティア国との間に戦力を敷きます。事前に「あなたを元の箱庭に戻す」と言って種を蒔（ま）きました。明確な敵である我々を倒そうと、神聖国はやってくるでしょう。これは我々と神聖国の戦争。傍（はた）から見ればそう映る……はずですが、もし我々の姿が見えなければ？　レティア国が、神聖国が攻め入ってきたと思っても不思議ではありません」

大きなローブを羽織った男が、腰掛けられる大きさの岩の上に座りながら語る。

「我々は『違う景色を（オーロラ）』を展開するだけでいい。流石（さすが）にこんなだだっ広い場所で展開するには、何人か魔法士を使わなくてはなりませんがね。とはいえ、そうすることによって我々が与えた情報と重なって両者は本当の敵を見失う」

「…………」

「神聖国はレティア国が我々を守っているように、レティア国は神聖国が攻め入ってきているように。我々は戦争を誘発させるようテコ入れをするだけで煩わしい人間を引き付けられる」

男は何十人もの魔法士を後ろに控えさせたまま、真正面を見る。

そこには、月光によって照らされた金髪を靡かせる――ジュナの姿が。

「……要するに、私を誘き出すために戦争を起こさせたってこと？」

「えぇ、まぁそうですね。王国の英雄相手では中々貴方とは出会えませんから。神聖国の、えーっと……誰でしたかな？　あぁ、アイシャとかいう聖女。貴方と接点があるのは前々から知っておりましたから、釣るのは簡単でしたよ」

結局、そういう話。

誰もが知らずに踊らされていた茶番劇。

神聖国も、レティア国も、王国も。すべては、たった一つの思惑のために動かされた。

「……忘れたの？」

ジュナは珍しく、確かな怒気を滲ませて周囲に炎を生み出す。

「……貴方達が王国との戦争で退かされたのは私が戦っていたからだよ？　私はもう、魔法国家には戻らない」

「知ってはいましたが、残念ですね。貴方は我々の貴重な戦力だったのですが」

男――チューズはゆっくりと立ち上がる。

それを受けて、ジュナは少しばかり警戒態勢を取った。

「……私と戦るつもり？」

「まさか、私も魔術師と呼ばれていますが賢者の弟子様に勝てると思うほど自信家ではありませんよ。ただ、小言は言わせてもらいますがね」

今ここで、ジュナがこの数の魔法士を相手にするのは造作もない。

魔術師がいようが、そもそも一個人としての戦力は桁違いだ。王国の英雄とも呼ばれているアレンぐらいでないと、戦いにすらならないだろう。

しかし、戦いなど起こす必要もない。

何せ――

「貴方様と本気で戦りあっても構いませんが、現状は変わりませんよ？　貴方が王国にいる限り、魔法国家は王国を狙い続けます」

「…………」

「調べはついてます、きっちりと。随分気に入っておられるようですね、王国を……いや、あの英雄を。そんな場所と人が、貴方のせいで今後も危険な目に遭っても構いませんか？」

揺れる。

改めて突きつけられた現実に、揺れる。

周囲に広がっていた炎だけでなく、ジュナの心が。

そして、静かにジュナは怒りを潜めて――ゆっくりとチューズに向かって歩き出した。

「……お師匠様は、なんて？」

「魔法国家を出る愚か者のことは知らん、好きにしろ、と」

「……そう」

手を出すこともない。

ただただ、ジュナは俯いたまま魔法士の群れの中へと入っていく。

「いやー、楽しみですね！　素体として充分すぎる賢者の弟子！　血を移植してみるのもいいですし、孕ませてみるのも、部位を入れ替えるのもよし！　どんな才能ある人間ができ上がるのか!?　今まで以上の研究の許可も下りて、私は楽しみで仕方ありません！」

チューズの上機嫌な声が、静けさの残るこの場に響き渡る。

誰も、何も口にすることもない。

ジュナもまた、男の声に口を開くことなく静かに目を伏せた。

そして――――

（……楽し、かったなぁ）

僅か数週間。

その間に刻んだ時間を思い出し、久方ぶりに流した涙を見せるのであった。

『魔法国家は魔法の研究のためならなんだってする』

『そっちの話は私達よりもセリア・セレスティンの方が分かるでしょ？』

『私はあの子を追う。あなた達にとってはただの捕虜かもしれないけど、私達にとっては国は違っても同じ信徒だから』


結局、アイシャ・アルシャラはそう言い残して去っていってしまった。

見逃したのは、此度の戦争が思想と主義の戦争でないなら、アレン達がこれ以上聖女達をどうにかする理由もないからだ。

あとは、今まで攻められた分をレティア国側がどう受け取り、どう対処し、どこで被害分を補塡するか。

そのため、今までの話を受けてエレミスは別の天幕で身内同士話し合っていた。

とはいえ、それはアレン達も同じこと。

拠点としている天幕から少し離れた草原の真ん中。焚火を起こし、三百人の味方の兵士に囲まれながら、アレンはジーッと揺れる火を見ていた。

「いかがなさいますか、ご主人様？」

横に座るセリアがそっと温かい紅茶を差し出す。

「いかがします、って？」

「此度の戦争の話です。聖女様方の話が真実であろうがなかろうが、これ以上お遊戯に付き合う理由はなくなってしまいました」

アレン達が戦争に参加しているのは、思想と主義の戦争の手伝い。

加えて、捕虜を求めて攻めてきた魔法国家とのいざこざに対するほとぼりが冷めるのを待つため。

今、この場にジュナの姿はない。

アイシャの話を考えると、ジュナは魔法国家側に行ってしまったと考えられる。

ジュナがいなければ、魔法国家が攻めてくることもない。

つまり、アレン達が戦争に参加する理由はもうどこにもないのだ。

あとは、アレンの望む平和な日常へ戻っていくだけ。

「しかしよぉ、別にあの聖女の話がパンドラの箱の中身ってわけじゃねぇんだろ？」

スミノフが胡坐（あぐら）をかいて、頬杖（ほおづえ）までつきながらセリアに尋ねる。

「敗走に対する苦しい悪あがきからきた出まかせって線もあるんじゃねぇか？」

「一理ありますね。今のところ、聖女様の発言に確証も確信もありません。強いて言うのであれば、この場にジュナ様がいないことでしょうか？」

どことなく空気が重い。

それは兵士達も感じ取っているのか、皆一様に沈黙を貫いていた。

「ですが、まぁ……魔法国家がどのような場所であるかは、分かりすぎて怖いですけどね」

セリアが片方の目を押さえる。

魔法国家がどのような場所か。きっと、アイシャや神聖国の人間達よりもセリアが一番よく分かっているだろう。

分かりやすい犠牲者、魔法国家の闇の話。

研究のためであれば、素体の尊厳や肉体など些事にすぎない探求に囚われた息苦しい場所。

だからこそ、セリアはあまり深く言いたくはない。

しかし、これからの行動指針のため――アレンの傍に居る者として、口を開かないわけにはいかなかった。

「これから起こせる行動は二つ。王国へ戻るか、我々の捕虜を取り戻しに行くか」

セリアが指を立てる。

「捕虜を取り戻しに行けば、間違いなく戦争は確定です。とはいえ、せっかくの捕虜を失ってしまうのは痛いですが、回れ右をすれば最低限帝国の皇女様から確かな利益をもらえます」

どうせ、ただの捕虜。

これまでずっと攻められてきたのだ、もったいないが手放したところでそれほど痛い損害ではない。

現実的に、損得だけを考えるのであれば、圧倒的に前者だ。

セリアの言葉を聞いて、皆がアレンの反応を待つ。

そして——

「……セリアの言う通りだな」

アレンは、ゆっくりと口を開いた。

「所詮は捕虜。魔法国家との有効な交渉材料ではあるが、俺達が粘る必要もない。兄貴にはぐちぐち言われるだろうが、ここで命を張るほどのものじゃねぇ」

「では……」

「けどさ、あいつ言ったんだよ」

ふと、アレンは同じ月明かりの下で話した時のことを思い出す。

『……ふわふわするの、一緒にいると。戦っている時はワクワクして、この人と戦うのは楽しいって思ってた。でも、それだけじゃなくて……一緒にいるだけで、胸がポカポカする』

一緒にいて楽しい。

王国に足を運んでよかったと、魔法国家は息苦しい場所なのだと。

もしかしたら、自分の扱いが酷くならないようアレンの情を誘っていただけなのかもしれない。

アイシャの話も、そもそもが詭弁を弄して見逃してもらおうとしたのかもしれない。

真偽は、ここで話し合ったところで本人がいないのなら確かめようがない。

それでも――

「嘘かどうかなんか、会って直接確かめてやればいい」

アレンは皆の注目を集めながら、立ち上がる。

そして、一つ大きく背伸びをしてみせた。

「辛気臭くて暗い雰囲気なんて俺には似合わねぇな。俺はシリアスな舞台にキャスティングされるような役者じゃねぇんだ。ここは俺らしく、俺達らしいことをしよう」

王国兵全員が、アレンの言葉に耳を傾ける。

その姿は、何かを待っているかのような。やがて、兵士の期待に応えるかのようにアレンがきっぱりと言い放った。

「もし、二人の言葉が真実なら……女の子が一人泣くかもしれねぇ。だったら、俺達馬鹿は悲劇の姫様のために拳を握るだけだ」

『『『『うぉぉぉぉぉぉぉぉぉぉぉぉぉぉぉぉぉぉぉぉっ！！！！！』』』』

野郎共の雄叫びが夜空の下に響き渡る。

『流石は大将、よく言った！』

『大将が言わなきゃ、俺は退職届を出していたぜ！』

『そうだ、魔法使いの美女を見捨てて我が家に戻るなんてあり得ねぇ！』

ご近所迷惑考えず、待ち侘びた言葉を受けて重苦しい空気は霧散した。

誰もが、少しばかりの付き合いしかないはずの女の子のために立ち上がる。

分かっている、これは阿呆なことなのだと。

現実的に、冷静に考えればただ損をするために足を運ぼうとしているだけ。

しかし、そこにもし涙する女の子が現れるとすれば。

どこまでいっても、馬鹿は追いかけて手を差し伸べたくなるのだ。

「ってわけだ、すまんなスミノフ」

「気にすんじゃねぇよ、大将。俺は戦えればそれでいいし、そもそも大将のそういうところが気に入ってるんだ！」

スミノフは豪快な笑みを浮かべて手を振る。

その姿に口元を緩めると、今度はセリアに視線を向けた。

「セリアもごめんな？　またご令嬢には似合わない戦争だ」

「ふふっ、何を仰いますか……他のレディーのためにかっこいいお姿を見せるのは妬いてしまいますが、そういうところをお慕いしているのですよ」

お淑やかな笑みを浮かべ、セリアもまた立ち上がる。

これ以上、問答はいらない。

スミノフも、王国兵も続くようにして腰を上げ、アレンは先に歩き出す。

「さぁ、息苦しい世界から姫様を救い出すぞ。ステージには呼ばれてもないが、主役目指して戦争だ」


敵は、魔法国家。

大義なんて、捕虜を奪い返すでもなんでも構わない。

今回のお話は、最初から最後まで変わらないのだ。

泣いている姫様を救うために、英雄はもう一度拳を握る。

「さーて、妾らはどっち側につくかのぉ？」

閑話

はいはーい、お久しぶりです！　新人記者のシャルです♪

ねぇねぇ、皆さん聞いたことがあります？　最近噂になっているアレ。

なんでも、世界各国で若者が何人も行方不明になっているんですって。年齢は十代前半の子供ばっかりなんだとか？　でも、男女は関係なく。

私も先輩の記事を見て知ったんですけど、最近になって各国で行方不明者が続出しているそうです。

もちろん、世界では行方不明の人なんていっぱいいます。表向きには平和を謳っていても、結局争いは起こりますしね……え？　そんなことないって？　はー、だったら、暗い森の中にでも入ってみてくださいよ。一発で宝探しに躍起になっている無邪気な山賊に見つかってお終いです。私はこっそり無事をお祈りしておきますね？

いいですか？　行方不明者の大半が誘拐です。

そんな頻繁に雪山で遭難するとでも？　泳いでいてあらぬ場所まで流されるとでも？　可愛いお化けさんがこっそり手招きしてきて、あるのかも分からない神様の世界に連れていかれるとでも？　絵空事と平和を信じるのはいいですが、そんな少ない可能性よりもあり得ることを考慮すべきです。現実逃避と妄想は神聖国側の特権なんですって。

それに、誘拐された人の末路なんて想像しただけで涙目になる。

ママに会いたいと泣いたら同情してお家に帰してくれるとでも？　噂程度ですが、禁止されているはずの奴隷って存在するみたいです。そっち方面で売られることもありますし、なんだったら欲望の捌け口になる可能性もあります。

死なないだけでもマシ？　いいや、死んだ方がマシっていうやつです。

私がこうして記事にしているのはですね……ちょっとした注意喚起なんですよ。

これでも、私は記者です。書いた記事は新聞に載って世界各国へ伝わるでしょう。

だからですね、私との約束です――絶対に夜は一人で出歩かないこと。誰も行ったことのないような不気味な場所には行かないこと。

いっつもプリティで愛嬌増し増しで書いているシャルちゃんですが、今回ばかりは大マジのマジです。こんなに真剣になったの入社試験以来ですよ、三浪の。

ん？　なんでそんなに真剣なんだって？　それは、私が皆様みたいな立場だからに決まっているじゃないですか。

人は実際に身近で起きないと、蚊帳の中に入ろうとしない生き物です。

地震が起きたんだ、へぇー……じゃなくて地震が起きたんだよ！　マジだって！　的な感じです。

実はですね……私の同期がいなくなっちゃったんですよ。

この前まで一緒に取材とかしてたんですけどね。ある日スッといなくなったんです。なんでいなくなっちゃったんですか……。

こう、身近な人がいなくなると酷く実感しちゃいます。家にも、職場にも、街にもいないんですよ？　出掛けていると思っていたら一週間も帰ってきてません。

まぁ正直に言うと、こうして記事を書くのは注意喚起と同期の子が読んで戻ってきてくれることを願うため。

この前チョコパイ勝手に食べたの許してあげるから戻ってきてほしいです……どれだけ心配してると思っているんですか。

話を戻しますけど、実際問題この手の被害はかなり多いみたいです。

神聖国、帝国、魔法国家、連邦。国は問いません。どこであろうが、若者が行方不明になっています。

何かしらの事件だって先輩は言ってましたけど、マジなんですかね？　若者を集めて何がしたいんですか、本当に。

もしも、これが何かしらの事件で、記者が総出で筆を走らせてしまうような陰謀があるのであれば……絵本に出てくるようなどこかの英雄（ヒーロー）がなんとかしてくれることを祈るばかりです。

っていうか、誘拐だったら――誘拐犯、これを読めってんです。私の同期を返せ。人は玩具じゃねぇんだ。

その辺弁えて、いっぺんくたばれ。

私は今、中指を立てながら書いてます……やれるもんなら、私も誘拐してみろ。

ピチピチの十代前半ですよ、こっちは。なんなら、他の人達よりもクビレのはっきりしているけしからんボディです。羨ましいだろ。

さぁ、私を誘拐してみろってんです。

そしたら、私がお前達の悪事を記事に書いて拡散してやるから。

この世で最も姫様（ヒロイン）な戦争Ⅰ

戦争には暗黙のルールというものがある。

互いの領土を使わないよう、そこにいる戦争に関係のない人間を巻き込まないよう戦場は空白地帯にする。

もちろん、互いが合意した明確な条約などではないため、時折それぞれの国で行われることもあるし、空白地帯を自国の領土にするために戦争をすることもあった。

アレン達が以前行った鉱山での戦争も、大義や目的こそ変わってしまったものの当初はそこだった。

――暗黙のルール。

今回の戦争は、空白地帯で起こるとは限らない。

何せ、ジュナを連れて行った魔法国家の魔法士を襲撃するのだ。場所など定まりようがない。

そのため――

「……やって来たぜ、魔法国家。イメージと違うんだけど、そこんところどう思う？」

目の前に広がるのは、壮大な湖。

太陽の光によって水面が照らされ、小鳥の囀りまで聞こえてきそうな和かさが漂っている。

ここでボート一つ用意して水面を漕いでみるのもよし、畔でシート広げてピクニックするもよし。

まぁ、有り体に言うと……マジで戦争をするような場所じゃなかった。

「イメージとは常に予想を裏切るものですよ。よかったではありませんか、本日はここでキャンプをしましょう」

「また天幕……俺最近ふかふかベッドにインできてないんだけど、枕ちゃんが寂しくて泣いてないかな？」

「枕ちゃんよりも女の子を優先した結果ですね」

まぁ、そうなんだけど、と。

アレンは戦争するのに少し抵抗を覚えながら辺りを見渡した。

「それに、あまり目に見えるものを気にしても仕方ないかと」

「どういうこと？」

「聖女様のお話を聞いた限り、今回の魔法士は『違う景色を』という魔法を使って小汚く戦っていたようです」

セリアは吹く風によって揺れる桃色の髪を押さえながら口にする。

「今、私達が見ている景色も、実際には魔法によって生み出された虚像に過ぎないかもしれません。あるいは、すぐ横を魔法士が歩いていて実際に立っているこの場所は荒れ果てた荒野……なんてこともあり得ます。まぁ、距離と方角的に魔法国家の領土内に入ったのは確かですが」

前回の戦争では、魔法国家は己を認識させず上手いこと戦場を動かしていた。

そういったことをしてきた魔法士達であれば、己の姿を隠して安全圏まで逃げることは可能だろう。

「……つまり、俺達は実際迷路の中でかくれんぼの鬼役をやるのか。ちくしょう、たかが遊びに本気になりやがって」

「解決策は、違和感を見つけることです。一度展開すれば静止画ではなく映像となりますので、首を傾げて違和感を探すのはオススメしません」

「かくれんぼに加えて見知らぬ場所での間違い探しとか……一気にハードル上がっていく」

アレンは投げ出したくなる衝動を抑え、そのまま地面に寝そべった。

その時、セリアがアレンの頭を持ち上げて己の膝の上に乗せた。

こうして和かな場所で膝枕をされていると、本当であれば平和な一幕を連想させてくるのだが、背後には自分が連れて来た物騒でむさ苦しい野郎共がいる。不釣り合いにも程がある。

それに――

「ねぇ……こんなところで寝ててもいいの？」

顔を覗（のぞ）き込む、一人の女の子。

小柄なのに鼻の下が伸びるナイスバディな和服美女ではない。愛嬌を感じさせる可愛らしい少女。

プラチナブロンドのツインテールの上に着けているウィンプルが特徴的で、何か触れてはいけない清楚（せいそ）さを醸し出していた。

「早く、ジュナを取り戻さないと！　じゃないと、本当に手の届かない魔法国家の中に連れ戻されちゃう！」

――聖女、アイシャ・アルシャラ。

神聖国が誇る、聖女の一人である。

「馬鹿言うなって、現実逃避の扇動者。今いるこの場所でさえ右も左も分からない状況なんだ、せっかくの遠足が「気づけば我が家」なんてことになってもいいのか？」

「うっ……！」

「方角を頼りに歩いてきてんだ、とりあえず慎重に行くのがベターだろ」

アイシャが苦しそうに言葉に詰まる。

とはいえ、アレンもさっき初めてセリアに聞いたのだからあまり偉そうには言えないのだが、焦っている彼女を宥めるぐらいなら別に構わないだろう。

(とはいえ……)

アレンは寝転がりながらチラッと野郎共の横を見る。

そこには、王国兵とは別の服を着た神聖国の兵士と、白銀の甲冑を身に纏った聖騎士の姿があった。

(かっこつけたのはよかったが、随分大所帯な遠足になったもんだ)

ここに来る道中、神聖国の人間と出会した。

利害が一致している者同士、一緒に足を進めたのは必然だろう。

しかし――

「貴様ァ！　アイシャ様を落ち込ませるとは何事か!?　このプリティなご尊顔を損ねただけでも大罪級だぞ背教者ッッッ！！！」

「やめてクラリス！　さっきまで敵対してたから気持ちは分かるけどそれ以上に私が恥ずかしいんだからぁ！」

――横で繰り広げられる、甲冑美人を押さえる修道服美少女の姿。

アレンはそれを見て、大きなため息をついた。

「ザックとソフィアが懐かしいなぁ」

「今頃何をされているんでしょうね？」

セリアに頭を撫でられながら、懐かしき文通相手のことをふと思い出したアレンであった。

◆◆◆

さて、立て続けに行われる戦争の目的を今一度おさらいしておこう。

アレン達の目的は、ジュナを奪還すること……ではない。

あくまで、ジュナと再会してジュナ自身の意思を確認するだけ。

その意思表示がジュナの笑顔を損なうものであれば、もちろんアレン達は拳を握る。

逆に本人の意思で「戻りたい」というのであれば、捕虜の話は捨てて引き返すつもりだ。

今回の戦争は、「ジュナという女の子を笑顔にする」という、ある意味感情的でなんの利益も生まない男の見栄。

それに王国兵全員が賛同しているのだから、誰も止めなかった。

利益を考えて国を発展させるか。

それとも馬鹿になって誰かのために働き続けるか。

もしかしなくても、この部分が大国となるかならないかの違いなのかもしれない。

そして一方で、こちらの存在も忘れてはいけない――

「あ、改めてっ！　アイシャ・アルシャラです！」

長い行軍。和やかに落ち着いて話ができる場所があるということで、休憩することになったアレン達。

せっかくなので、アレン達は互いに自己紹介をすることにした。

アレンの目の前には、緊張気味に背筋を伸ばしている可愛らしい修道女の姿が。

この前まで和服美女だったからか、妙に新鮮さを感じる。

「なんでそんなに緊張してるの？」

「い、いやー……その、思い切りナイフ向けた挙句に殺されそうになったから……」

殺そうとした覚えはないが、確かに手首を摑んで持ち上げた記憶はある。

誤解によって敵対していたとはいえ、ナイフ持って初めましてでも中々シュールだ。

「こいつ、またアイシャ様を……」

「おっと、自己紹介も済んでないのにそんな瞳に炎を浮かべて熱いラブコールはやめてくんない？　おっかなくて背筋が最低気温更新するぞ!?」

聖騎士の女性の敵対心満載の瞳を受け、アレンは思わずセリアの背中に隠れる。

するとと、女性は徐に背負っていた大槌を手にかけ——

「……アイシャ様護衛聖騎士長、クラリス・バンディールだ」

「自己紹介すれば『一発おけ☆』ってわけじゃねぇからな!?」

誰かを守る職業はこうも血気盛んなのだろうか？　アレンは出だしから仲良くなれなそうで涙を浮かべた。

「あぁ……アイシャ様のこんなに可愛らしいお顔が悲しそうに。我が主もきっと、貴方様の今の顔を見れば鼻血を吹き出して地に倒れてしまうでしょう」

「それって単に興奮材料にされているだけじゃないの!?　っていうか、なんで毎回くっつくの。あと息が荒いっ！」

一応言っておくが、クラリスはそれはそれはとても美しい女性だ。

凛々しく、騎士という言葉がよく似合う雰囲気に長い銀の髪と端麗な顔立ちが特徴的。

アイシャも群を抜いて可愛らしいが、この人も往来を歩けば目を引くほどの美女だ。

そう、たとえ現在進行形で顔を蒸気させ涎が出る一歩前でアイシャに抱き着いていたとしても、美しい女性には変わりないのだッ！

『Huuuuuuuuuuuuuuu!!!』

『硬派美女のギャップというのも中々素晴らしいッ！』

『美少女同士のイチャイチャは何故か胸を熱くさせるッ！』

『この光景を見られるなら観覧代に全給料ブッパしますッ！』

外野の馬鹿達は大盛り上がりだ。

「……やっぱりさ、人は見かけによらないってこういうことを指すんだろうね。戦場はやっぱり人を変えるみたいだし、今回は仕方ないとしても今後は戦争を控えるべきだと思う」

「どちらかというと逆なのでは？　戦争が人を変えるのではなく、人が人を変えるのかと。ちなみに、私もご主人様色に変えられました♪」

そう言って、セリアはアレンに思い切り抱き着く。

どうしてか、軍を先導する二人が同じ表情を浮かべていた。

「アイシャ様の可愛さは、それこそ主が見初めるほど……ハッ！　そういえば、王国の英雄。頭が高い」

「てめぇの方が頭が高ぇよ変態」

「あの女、そもそもの立場が推しのせいでちゃんと把握できていないようですね」

昨日の敵はやはり敵なのか。

互いに色々思うところがあるようで、両者の間に剣呑な雰囲気が漂う。

一方で、間に挟まれている心優しい女の子は慌ててクラリスから離れ、仲裁しようと

「ちょ、ちょっとやめてよクラリスも二人もぷぺらっ!?」

……盛大にコケた。

それはもう、両手ガードなしで顔面から。

「「「…………」」」

『『『『…………』』』』

この場一帯に沈黙が広がる。

修道服の裾を踏んで地面とキスしているアイシャは耳まで真っ赤にして起き上がろうとしない。

きっと、恥ずかしくて顔を上げられないのだろう。

そして――

「こ、この歳でドジっ子属性ですか……ッ！」

「ちくしょう！　悔しいが推せる……ッ！」

「ふふんっ！　どうだ？　これが我らがアイシャ様の可愛らしい魅力！」

『『『『うぉぉぉぉぉぉぉぉぉぉドジっ子美少女さいこぉぉぉぉぉぉぉぉぉぉぉぉぉぉ！！！！』』』』

……更に顔が上げられない事態になってしまったのは、もう言わなくてもいいだろう。

「さて、擦り合わせをしよう」

なんだかんだ羞恥心が消え、落ち着いた頃。

湖の畔に心地よい風が吹く中で、アレンが皆の注目を浴びながら指を立てた。

「俺達の目的は賢者の弟子の意思確認だ。お前らが言っていたことが真実とは限らないからな、より確証を得るために本人から聞きたい」

アレンの言葉に、正面に座っているアイシャが眉を顰める。

嘘をついていると疑われたからだろう。

しかし、疑うのは当たり前。二人は敵対する以前に初対面なのだから。

そして、アイシャもまたアレンに向かってきっぱりと言い放つ。

「私達は信徒の奪還。あの子は魔法国家にいちゃダメだ……より不幸な目に遭う前に安全圏まで連れ戻したいの」

アレンはアイシャの言葉に眉を顰める。

「それは、ジュナと知り合いだからって理由か？」

「……うん、元々信仰している主の教え的なところもあるけど、正直言うとそう。やっぱり、あの子の昔を知ってるから。ずっと、彼女を助けたいと思ってた」

候補者を推すための後押しではない。

ただ、現状では己の知り合いが不幸な場所で生き続けることになるから。

故に、アイシャは己の信頼できる人間を募って戦争を始めたのだ。

もちろん、そう踏み切らせたのは魔法国家ではあるが。

しかし、タダで踊らされるだけでは終わらせない。

アイシャ達がまだこの場にいるのは、そういうことだ。

「……まぁ、俺も美談は好きだけどな。下手に他人の顔を眺めながらゴマをするよりよっぽどいい。実際にジュナから聞いてたから本当なんだろ」

「なんでこうも優しい人ばかり集まりますかね、神聖国は」

「清らかな存在が溢れるからじゃね？　稀だぞ、こんな土と水を混ぜたドロッドロの砂場みたいな世界に純粋な女の子は」

もちろん、全員が全員そういうわけではないのは身をもって体験している。

聖女を自分の陣営に入れるために聖女を囮にした候補者の人間を見た。

ただ、アレン達の傍にいる神聖国の人間は策謀とはどこか程遠くて。どちらかというと、二人の中ではそっちの印象の方が強かった。

「大将、助ける前提で進めるのは構わねぇが、こっからどうするつもりなんだ？」

スミノフが一人手を挙げる。

「あれだろ？　俺にはよく分からねぇが、今いる場所が魔法の可能性があるんだったらジュナを助ける以前に、ジュナを連れていった魔法士達の姿が見えなければどうしようもない。

実際に、この場にいる者全員が先の戦争で魔法国家を認知できなかった。

効力は言わずもがな。厄介さも言わずもがな。

ここからどう対処するのか？　スミノフだけでなく、この場にいるほとんどが抱く疑問であった。

「『違う景色を』の魔法はあくまで近距離用です。規模が大きければ大きい分、魔法士は傍にいなければいけません」

皆の疑問に答えるのはセリア。

やはりここは一番魔法に精通している元令嬢の知識が必要であった。

「ってことは、違う景色だった時は近くに魔法士がいるって認識でいいのか？」

「その通りです、ご主人様。ですので、当分は引き続き方角を固定して間違い探しをしましょう。ある程度中に入ってしまえば、最低限の地理と風景は私が知っておりますので」

どうせ、ジュナを元居た場所に連れ戻すために魔法士達も魔法国家の中心へ向かうはず。

行き違いやすれ違いの可能性こそあるものの、当面はそういう指針で向かう方がベストだろう。

「加えて言うと、『違う景色を(オーロラ)』は立体のように見えて実は平面です。奥へ広がることなく上に伸びているだけ。違和感にさえ気づいてしまえば、すり抜けるだけで答え合わせができます」

おー、と。この場にいる全員が小さく拍手をする。

淡々と語っていたお淑(しと)やかな雰囲気を醸し出すメイドが、少しだけ嬉(うれ)しそうに頬を緩めた。

「流石(さすが)だね、セレスティン伯爵家の神童は。絶対に私達だけじゃ分からなかった」

「……悔しいが、認めるしかないな」

王国と合流できてよかった。

そんなことを思ってしまったアイシャとクラリスはそれぞれ別の反応を見せる。

「ただ、気をつけなきゃいけねぇのは間違い探しに夢中になって虎の尻尾を踏まないことだな」

「……どういうこと?」

「忘れたか、神聖国の聖女? ここはもう魔法国家の領土だぞ? いつもの空白地帯とは違って、ここは向こうのテリトリーだ。本件に関わっていない魔法士達も当然いるってこと」

一人二人の観光ならいざ知らず、この場には神聖国と王国の兵士達で構成された大所帯がいる。

　これだけの人数で押しかければ「戦争を仕掛けてきた？」なんて思われても仕方ない。

　そうなれば、当初の目的以外の戦争が起こってもおかしくはなかった。

「まぁ、とはいえまだ国境付近。案外楽に入れたんだ、今更警護隊が戦争準備なんてしてないだろうし、現状の話だけだと考えすぎかもしれんな」

「そ、そうだね……でもさ、話を聞く限り魔法は近くにいなきゃ発揮できないし、それなら今いる場所が本当の場所の可能性も高いわけじゃん？　魔法国家の中心に行くより、地図通り敵が進みそうなルートを辿っていけば無駄な接触もなくなるんじゃない？」

　大規模に『違う景色を』を使用することはできるが、離れた場所で使うことはできない。

　そのため、すれ違うような場所にいない限り今の景色が実際と相違する可能性は低い。

　神聖国とレティア国の間の空白地帯にいたのであれば、帰宅ルートはある程度絞り出せる。アイシャの言う通り、通りそうないくつかのルートで待ち伏せすれば無用な接触はないだろう。

「んー、言われたら確かにそうだな。結構速いペースでここまで来たし、すでにすれ違ってる……ってことはないだろう。手品師も驚く瞬間移動の魔法もあるにはあるが単体でしか使えないって事前にセリアから聞いてるし」

　アイシャの言葉に、アレンは納得したような顔を見せた。

初めて役に立った気がしたからか、アイシャは嬉しそうな笑みを見せて拳を突き上げる。

「じゃあ、そういうことでっ！」

そして――


『て、敵襲!?』

『なんでここに神聖国と王国が!?』

『無闇に接近するな！　魔法士のアドバンテージを活かすんだ！』

……しばらくして、そんな声が聞こえる景色が眼前に広がった。

「……なぁ、あの時のセリフってもしかしてフラグだったんじゃね？」

「……だねー」

もちろん、アレンは先に部下に偵察させて周囲を警戒していた。

それに、皆が集まって一緒に間違い探しをするよりも分散した方がより早くジュナ達を見つけられると思った。

何せ、立体ではなく平面。間違い探しができなくても、ヒョンなことから平面の先に出てジュナ達を見つけられるかもしれない。

そう思っての行動。現在、魔法国家とレティア国の空白地帯。

にもかかわらず、目下目の前に現れたのは――

「あれは完全に魔法士共ですね。ということは、私達が歩いている場所も実際にある場所……」

「悠長に分析してるつもり!?　俺も顎に手を当てて冷静に知的キャラをアピールしたいけど飛んでくるぞ魔法がッ!?」

日を跨ぎ、ある程度歩いていたため、場所は先程の和やかな風景とは違ってまたしても広々とした草原。

だからか、飛んでくる水の槍が戦場らしくてなんの違和感もなかった。

「だいたいさぁ……なんでこんなところに明らか魔法士がいるわけ!?　そろそろ寒くなる季節だしゆっくり小屋とか関所とか分かりやすい場所に立ってろよちくしょうッ!」

アレンが生み出した雷を幾本も上空へと飛ばしていく。

的確に水の槍を撃ち落としているのは流石と言うべきか。破裂した魔法が周囲に散らばり、ほんの少しだけ湿度が上がる。

魔法士の戦いの定石は遠距離で魔法を撃っていくだけ。

懐に潜り込まないと攻撃できない兵士とは違う。そして、連邦の最新兵器でもない限り、そこら辺の弓より遥かに魔法の方が勝っている。

対して、こちらはアレンとセリアしか遠距離に対抗できる人間はいない。

しかし――――

「承りました……と、言いたいところですが、今回は手元にダイヤモンドがございます」

「あー、そうだった！」

そう、今回は傍に神聖国の戦力の要であり足枷なアイシャがいる。

もし流れ弾でも当たれば、負傷兵を治せる貴重な逸材、神聖国の戦力の不死身を失ってしまう。

故に、護衛は必須。

状況から考えるに、以前のソフィア同様にセリアが守らなければならない。

「わ、私も戦えるよ!?」

足でまといだと感じてしまったのか、後ろにいるアイシャが割って入ってくる。

「明らか箱入りお嬢様が見栄を張るんじゃありませんっ！」

「嘘じゃないもん！　クラリスと一対一で首ちょんぱできたもんっ！」

「なんてことをするんだ箱入りお嬢様!?」

「というより、それは単に首を差し出しただけなのでは？」

死なないとはいえ、なんとも絵面の酷いことができる女の子である。

そういえば、確かに戦場でアレンにナイフを突き立てようとしていた。ある程度戦えるのは、もしかしたら本当なのかもしれない。

「それに、このための聖騎士だもん！　足でまといにだけはならない！」

そうアイシャが言った瞬間、聖騎士の一人が横に並ぶ。

本来の役目は聖女の護衛。今更ながらに忘れていたアレン達は言葉に詰まった。

「……じゃあ、過重労働に行ってきます」

「では、上はお任せください」

セリアの体が一瞬で消え、一帯に霧がかかり始める。

そして、それを合図にアレンは一気に魔法士達に向かって駆け出した。

「はっはっはー！　戦争だ戦争！　さぁさぁ撃ってこいよご自慢の魔法を!?」

視線の先には、兵士達を先導するかのように駆けるスミノフの姿。

しかし、ちょうどのタイミングで遠い正面にいる魔法士から魔法が飛んできた。

スミノフは立ち止まり、一直線で飛んでくる岩の塊を斬り伏せる。

（スミノフがいりゃ兵士達はある程度問題ないだろう）

魔法士達の戦闘スタイルは後退しながら遠距離での攻撃。

逆に言えば、懐にさえ潜り込めば何もできない。

「あァ!?　大将、ズリぃぞ!?」

斬り伏せている間に、アレンが横を駆け抜ける。

アレンは魔術師。遠距離戦の才能はあるが、戦闘スタイルは魔法と肉弾戦を組み合わせた接近戦（インファイト）。

気兼ねなく戦うのであれば、間違いなく突貫の一択であった。

と、その時――

「来たか、王国の英雄」

アレンが通り抜けたのと同時に、横からクラリスが姿を見せる。

大槌（おおづち）を背負っているというのに、アレンと並んできた。

「お守り（も）をほっぽり投げてどこで油売ってたかと思えば、一等賞でももらいに来たのか!?」

「馬鹿言うな、アイシャ様の身を守るための一番は敵勢力の排除だ。護衛（そっち）は部下に任せればいい」

「間違いない配分なこって！」

魔法士達との距離はまだある。

だからこそ、二人は足を止めない。

「というより、そもそも何故（なぜ）戦闘に発展する？」

「そりゃ、この人数で押しかけたら戦争を吹っかけに来たって思うんじゃねぇの!?　もしくは、本命が案外奥にいるとか!?」

「本命がいるかどうかは確かめるしかない」

岩の塊が真正面から飛んでくる。

クラリスは大槌に手をかけ、走りざまに振り下ろして的確に砕いていった。

「逆に何もなければ、余計に分からん」

「その心は!?」

走りながらアレンが尋ねる。

すると――

「突然の訪問に用意周到で出迎えると思うか？　普通は戦争ができるほどの戦力なんてこんな場所に用意するはずないだろ」

◆◆◆

レティア国、神聖国の空白地帯から魔法国家へ戻る際は必ず経由しなければいけない場所がある。

それは立地や時間といった要因があり、「普通ならこの道を選ぶのが安全面を考慮した上でベスト」と誰もがそう考えるからだ。

迂回（うかい）？　神聖国から狙われていると分かっているのに、時間のかかることをするか？

踏破できない場所を魔法でどうにかする？　いいや、無理だ。地形を変えられるほどの規模の魔法は魔術師でなければ難しい。魔術師がいたとしても、他の魔法士の存在がある限り足枷となって上手（うま）く進めないだろう。

そう考えて、アレン達は待ち伏せた。

現在、待ち伏せに向かう最中に訪れた魔法国家とレティア国の空白地帯。

本来は、こんなところなど特に何もない。

空白地帯は、互いの領土ではない空地のような場所だ。

誰かの持っている更地を奪われるかも？　と重火器片手にずっと籠り続けるだろうか？

いや、ないない。いくら大国といっても重要なのは国境であって空白地帯ではない。

だからこそ、こんな場所に軍が展開しているなどおかしい話なのだ。

「考えるのはあとにしろっ！」

クラリスの疑問を、アレンは一蹴する。

「まずは目の前の野犬を追い払うのが先だ！」

距離はまだある。

とはいえ、この距離であれば魔法士よりも先にアレンの魔法が届く。

「『英雄の軌跡を青く雷で照らせ（セリス・ヘイロース）』！」

天まで昇る青白い雷の柱が魔法士達へと向かっていく。

　地面を抉り、抵抗するかのように放たれた魔法すら呑み込み、固まっていた魔法士達を薙ぎ払う。

　英雄の猛威が過ぎ去ると、大勢いた魔法士達の塊はすっぽりと穴が開いてしまった。

「ふんっ、次は負けん」

「今なんで張り合ったの俺味方よ!?」

　アレンの驚きを無視して、クラリスは一人間合いを詰めていく。

　魔法士達の詠唱が始まり、戸惑いと焦りが呟きと共に感じ取れた。

　それでも、クラリスは止まらない。

　もう大槌を構えることはなく。最速で距離を詰めようと、放たれた土の槍が飛んで来ようとも、足を止めることはなかった。

　やがて甲冑を越えて胸を抉られ、わき腹に風穴が空いて。

　ドバドバと血を流しながらも、ようやくクラリスは魔法士の集団の中へ辿り着いた。

「どうだ、英雄!?　チキンレースにビビった貴様の負けだ！」

「お、おまっ!?　絵面無視の突貫で胸張ってもお茶の間に見せられなくなるだけで誰も褒めてくれないからな!?」

　不死身が故の突貫、不死身が故の戦闘スタイル。

　懐にさえ飛び込んでしまえば、詠唱よりも先に手にしている武器が早く叩きこまれる。

集団の中に入り込んだクラリスは、持っている大槌で次々と魔法士達を薙ぎ払っていった。

「アイシャ様と主のため！　私は喜んでこの身を捧げよう！」

こうなってしまえば、魔法士達はお終いだ。

言うなれば、自分達を守るはずの狭い檻の中に一匹の肉食獣の侵入を許してしまったような。

魔法士達はちりぢりとなって逃げ始め、アレンは仕方なく撃ち漏らしを魔法で撃退していく。

（くっそ、一人で戦うより楽だが、こいつに合わせるのが余計にめんどい！）

アレンもようやく集団の中へ入り込む。

体中に青白い電気を纏い、肉弾戦素人の相手に容赦なく拳と蹴りを叩き込んだ。

あと少しすれば、王国兵と神聖国の兵がこぞってやってくるだろう。

戦場は乱れた。

これから先は、殲滅が始まるだけ――――

「ねぇねぇ、お姉ちゃん！　この人達めっちゃ強いね！」

――――と、その時。

ローブを纏い、深くフードを被った少女二人がアレン達の前に立ち塞がった。

「うん、強い強い。噂の英雄と聖騎士、強い強い」

姉妹だろうか？　やり取りから察するに、そのように見える。

だが、それよりも……声も、体も、あ、ま、り、に、も、幼、い。

ようやく十歳に差し掛かったぐらい……そんな気がする。

「な、ぜ……子供がこんなところに……？」

クラリスの手が思わず止まってしまう。

それもそうだろう。確かに戦場に十代の若者がやって来ることはあるが、これは流石に幼すぎる。

戦場に不釣り合い。魔法や剣が飛び交う道路の真ん中にボールを追いかけて飛び出してしまった子供。

でも、飛び出してしまったという割には、あまりにも落ち着きすぎている。

まるで、ハナからこの場にいたかのように――

「子供？　ふふっ、子供だってお姉ちゃん！　あの人達、私達を子供だと思ってる！」

「昨日十二歳になった大人なレディーに向かって失礼失礼」

「私達は優れた大人！」

「神様に選ばれた子供子供」

少女二人は駆ける。

アレンとクラリスの驚きを無視して、魔法士というアドバンテージを捨てて。

子供だからといって、油断はできない。

よく分からないものの方が怖いということを、戦場に幾度も出ている二人は知っているからだ。

そして――

「ぽんっ♪」

――クラリスの首が爆ぜた。

「はぁ!?」

「きゃー！　お茶の間に見せられない光景ー！」

アレンが横にいたクラリスを見て驚く。

しかし、姉と呼ばれた少女は止まることなくアレンの目の前へとやって来た。

「見せられない見せられない」

サイズが大きいはずのローブが膨れ上がる。

正確に言うとローブが、ではない。少女の腕が、そもそも可愛らしい外見とは不釣り合いなほど肥大していく。

アレンの眼前に迫る頃には、身長を優に超えるまでになっていた。

「教育に悪いのは一緒一緒」

そして、アレンの体は容赦なく吹き飛ばされた。

アレンが何度かバウンドした時、ふと柔らかな感触に包まれる。

久しぶりにもらった一発。

顔を押さえながらゆっくり見上げると、セリアの端麗な顔が眼前に映った。

「大丈夫ですか、ご主人様？」

「今、戦争に憧れた子供達から無邪気なパンチもらったとこ」

「油断するからですよ、子供のパンチだって当たりどころによっては涙目になるんですから」

「……それを聞いて、ナニに直撃しなくてよかったたって心底思ったよ。王子が子孫残せなくなったらどうしてくれる」

抱き留められたアレンはゆっくり体を起こし、立ち上がる。

視線の先には腕が膨れ上がった少女と、吹き飛んだ生首をツンツンとしゃがみながら突いている少女。

こんなにも違和感がある光景は久しぶりだ。

何せ、目の前にいるのはまだ公園でボールを片手に遊んでいそうな子供なのだから。

「ぬぉっ!?」

その時、突いていた生首が物凄(ものすご)い勢いで倒れている胴体へ向かっていく。

勝手に生首が動いたからか、妹である少女は腰を抜かして驚いていた。

「……俺はどっちの構図に驚けばいいんだ」

「どちらにでも驚いていいと思いますよ。何せ……」

セリアはキツく少女二人を睨みつける。

その視線を感じ取ったのか、妹の方は首を傾げた。

「あっれー？　もしかして先輩？」

「先輩と呼ばないでいただけますか？　被害者に上下関係を持ち出してどんな職場を作るつもりです？」

「うーん……でも先輩は先輩だし被害者でもないんだけどなぁー」

先輩、というワードにアレンは眉を顰める。

しかし、問答が始まる前に……クラリスが大槌を構えて突貫し始めた。

「歳上に対してよくもまぁ、このような所業ができるもんだ」

向かった先は妹の方。

妹は口角を吊り上げると、獰猛さを醸し出して駆け出した。

「あはははははっ！　じゃあ、躾の悪い子供にちゃんと教育してくれるのかにゃー!?」

「お望みなら」

「じゃあじゃあ、やってみせてよ！　私達は選ばれし子供なんだから！」

二人の手が届く間合いに差し迫った瞬間、クラリスは大槌を振るう。

スピードを考えるに、子供だからといって容赦はしていないのだろう。

「あー、ゆー、れでぃー？」

しかし、それよりも先に妹が指をさした――そして、腕が爆（は）ぜた。

「ぽんっ♪」

だが、妹はまだしっかりと認知していない。

不死身の捨て身。聖女を守るために鍛え上げられた聖騎士の耐久力（タフネス）を。

「痛いでしょ痛いよねぇ!?　大丈夫、大人が咽（むせ）び泣いても私は許してあげるかべらっ!?」

クラリスの容赦のない回し蹴りが、妹の鳩尾（みぞおち）に叩き込まれた。

「あまり子供には手を出したくないのだがな、躾してやると言った責任ぐらいは取っておこう」

妹の体が何度も草原の上をバウンドしていく。

一方で――

「神様に祈りを捧げましょう捧げましょう」

アレン達目掛けて、肥大化した腕を振り回す姉がやって来る。

「私達は選ばれた子供達だから、死なない死なない」

姉の腕が振るわれる。

それは横でも上でもなく、下から。アッパーでもするかのように、地面を抉りながらアレンへと猛威を振るった。

しかし、二度も油断するアレンではない。

振るわれた腕に飛び乗り、そのまま少女の体目掛けて走り出す。

「わぁーお、器用器用」

「感心する前にやめてくんねぇかなぁ、戦場に倫理観を持ち込むつもりはねぇけどモチベ上がんねぇんだわ！　アリスより幼いだろ⁉」

「今年で十二歳、諦めるの無理無理」

乗って気づいた。

これは腕ではない。

正確に言うと、腕を肥大化しているように見せているだけの無数の蔦(つた)の集合体――

「私達は『チルドレン』。選ばれた子供達子供達」

肥大した腕が消え、アレンの足場がなくなった。

とはいえ、アレンは驚かない。

いくら眼前でもう片方の腕を振り抜こうとしても……この場には、セリアがいる。

「発言は撤回しません、何せ後輩と呼ぶには違いすぎます」

パキッ、と。

姉の腕が全て透き通った氷に覆われた。

鈍い音を残して、姉の腕が地面へと垂れ下がる。

しかし、その直後……氷が全体的に爆ぜ、少女の華奢（きゃしゃ）な腕が顕（あらわ）となった。

「どうしたのどうしたの？」

「お姉ちゃん、てっしゅー！　蟻（あり）ん子（こ）さんいっぱい来そうだし、この人達つよーい！」

「うんうん、分かった分かった」

いつの間にか、少女は起き上がって姉を呼んでいた。

姉は妹の声に返事をすると、背中を向けて歩き出す。

逃げる……というには、あまりにも堂々と、それでいて悠然としていた。

クラリスはそんな二人を見て、大槌を構える。

「逃がすとでも？」

「逃がした方がいいっしょ」

妹は姉が横に並んだのを確認すると、ゆっくりとフードを取る。

綺麗（きれい）な茶色のストレート。やはり誰でも子供だと分かる幼い顔立ちをしていた。

ただ――両の目が黒く濁っていた。

「ッ!?」

あまりにもショッキングな姿だったからか、クラリスは思わず息を呑んでしまう。

「あなたはいいかもしれないけど、後ろの兵隊さんまで『ぽんっ♪』に耐えられるかにゃー？」

要するに、後ろの仲間達を殺されたくないのならこれ以上追いかけてくるな、ということだろう。

クラリスは更に歯嚙みを見せ、歩いていく少女達とついて行く魔法士達の背中を見送った。

アレンも、それが正解だと思っている。

結局、この場にはジュナらしき人間はいなかった。

目的を履き違えないようにするのであれば、ここで深追いするのは愚行と言えよう。

しかし――

「大丈夫か、セリア？」

横にいるセリアの顔を覗く。

セリアは主人の心配を受けても、淡々とした表情を見せた。

「ええ、別に。どうやらあの子達は自分から望んであの場所にいたようですし」

ただ、と。

セリアは怒っているような、悲しそうな、そんな声音を含ませて口を開く。

「『チルドレン』……私の後釜は、まだ終わっていなかったのですね」

幕間　神様に選ばれた子供達

ねぇねぇ、聞いて！　私達は『チルドレン』って呼ばれてるんだって！

ネーミングの由来？　んー、なんでだろ……その名前の通りじゃない？

そういうのは大人が考えることだし、私達は分からないし。っていうか何を話してるのかも理解できないもん。

ただね、私達は神様に選ばれた子供なんだ。大人の人はみんなそう言ってた。

その代わりっていうわけじゃないけど、私は魔法が使えるようになったの！

ふっふっふ……凄いでしょ？　この前までシスター見習いだったのに、今となっては大人にも負けない女の子！　神様に選ばれただけはあるね、えっへん。

でもね、初めは確かに嫌だなーって思ってた。

あまり覚えてはないけど、お姉ちゃんと二人で歩いていたら知らないローブを羽織った人達に捕まって、目が覚めたら真っ白なお部屋にいて。

周りにいる子、みんな子供だった。見た感じ、一番歳上の人でも十五歳かな？　もうちょっと上？

まぁ、どっちでもいいよね！　だって、神様に選ばれた子以外はみんないなくなっちゃったんだもん！

最後に残った私達こそ『チルドレン』！　うぅ……みんなどこ行っちゃったんだろ？

やっぱり気になるなぁ。

あ、この前一緒に部屋を出た子がいなくなった。

もしかして『おちゅうしゃ』に耐えられなかったのかな？　それとも、大人達に負けちゃった？　じゃあ、結局今はもう十人しかいないんだぁ、少ないね！　前は百人ぐらいいたのに！

そういえば、『おちゅうしゃ』って痛いんだよねぇ。

泣いてもやめてって言っても、毎日毎日腕とか足とかお腹とかにブスッ！って。

けど、いつも一緒にいるローブの大人さんは「これが神様の試練だ」とか言ってた。

私とお姉ちゃんの目が黒くなったのは、選ばれし者の証なんだって。

むふふー、きっと友達とかお母さん達に見せたら驚くよね。私は凄いんだぞー！

……あ、れ？　お母さん？

お友達……え、あれ……？　おか、お母さ、ん？

おかしいな、顔が思い出せないや。流石に生まれたから親はいるはずなんだけど思い出せない。

ま、まぁいっか！

この力で、私達はこの世で不幸になる子供達を救うの！　戦場で悪い大人を倒して、皆を笑顔にするのが役目なんだ！

そうすれば神様からご褒美がもらえる！

ご褒美、それは魔法士としての力！

ローブの大人達は「まだまだ研究の余地がある」って言ってるけど、要するにまだまだ頑張れってことだよね。

任せてよ、魔術師のお姉ちゃんの血をもらったもん！　今じゃ見ただけで「ぼんっ♪」できるし、お姉ちゃんは植物で体を覆って「どーん！」ってできるようになったし！

あ、そうそう。

大人達から連絡があって、これから賢者のお弟子さんに会いに行かなきゃいけないの。好きにしていいって。血をあげるって。

あひゃ、ふひひひひひひひひひひっ……楽しみだなぁ、賢者のお弟子さんって強いんでしょ？　賢者さんの次に強いんでしょ!?

今度はどんな力が手に入るかなー？

そしたら悪い大人達をたくさん倒してこの世界をもっと平和にできるのになー。

私達は『チルドレン』。
神様に選ばれた子供達！！！

もちろん、空白地帯に立派な街があるわけない。

どこまで行っても自然に囲まれ、あるとすればもう使われていない廃墟(はいきょ)だけ。

故に、行軍をしている時ではなかった場合、基本的に野営を強いられる。

薄(うっす)らと星の輝きが見え、時折豪快ないびきが聞こえてくる中、天幕の一つからこんな声が聞こえてきた。

「『チルドレン』は私に行われてきた実験の一つです」

セリアの静かな声は、たった一人の殿方へと向けられる。

「才能ある者から才能のない者へ才能を拡散する。その名目は表向きの平和を謳(うた)っている魔法国家の至るところで行われています。『チルドレン』は、言うなれば拡散という名の複製……人工的に魔法士を生み出す研究とも言えるでしょう」

「あの、セリアさん……?」

相棒の声を受け、アレンはおずおずと手を挙げる。

それを受け、セリアは首を傾(かし)げた。

「いかがなさいましたか？　もしかして、モノローグはスキップしたい派——」

「いや、そうじゃなくて」

はぁ、と。アレンはため息をつく。

柔らかな感触と鼻腔（びこう）を擽（くすぐ）る仄（ほの）かに甘い香りを味わいながら。

「こんな抱き着かれた状態でシリアスな空気出されても集中できんのだわ」

そう、現在アレンとセリアは同じ天幕の中。

豪快ないびきが聞こえてくることからも分かる通り、今は警備の人間だけ残して就寝中である。

そして、肝心なのはここからだ。

シーツに覆いかぶさり、寝ているアレンの下へセリアが潜り込み、抱き枕を抱くかのようにアレンへピタッとくっ付いている。

これはもう、場所さえ違えばナニが働くシチュエーションである。

そんな状況でいくらシリアスな重たいお話を聞かされようとも、まったく頭に入ってこない。

何せ、こっちはこっちで別のことを考えて必死に鎮めるので忙しいのだからッッッ！！！

「……だって、最近ご主人様成分をあまり接種できなかったんですもん」

「俺は健康衛生食品なのか？」

欠如したら何か心配になるような成分なのだろうか？　アレンはメイドの甘えっぷりに首を傾げた。

「……話を戻すが、じゃああの子供達は魔法国家の創り上げた被害者ってことなのか？」

「半分正解で半分不正解ですね」

「というと？」

「あの様子から察するに、取り返しのつかないところまで来ています。初めは無理矢理だったかもしれませんが、もう盲目的に力を持つ自分と正当化する他人の言葉に浸ってしまっている状況です」

自分はこんな力を持っているからなんでもできるという自信。

間違っているかも？　という疑問を払拭してくれる他人の言葉。

戻れる場所にいたはずなのに、それらによって突き進んでしまった……被害者。

セリアの目には、『チルドレン』はそのように映っていた。

「無論、誰が悪いかと言えば魔法士共（クズ）です。どうせ、いくら失敗してもいいよう色々な場所から子供達を攫（さら）ってきたのでしょう」

「…………」

「『チルドレン』はあくまで研究の対象……研究を仕切っている頭さえ叩（たた）いてしまえば、研究は終了します」

アレンの表情が強張る。

無理もない、聞いても不快にしかならない胸糞悪い話だったのだから。

そんなアレンの顔へ、セリアはそっと手を添えた。

「ご主人様が気に病む必要はございません」

「セリア……」

「すべてに手を差し伸べるなど不可能。助け出せるのであれば私だって助け出したいのが本音です。しかし、人の手は数えるほどしかないのですから」

それに、と。

セリアは柔らかくて温かい笑みをアレンへ向けた。

「ここにあなたが助けてくれた人がいるでしょう？　大勢を救えなくとも、ご主人様はすでに英雄ですよ」

魔法国家の実験だけではない。

この世界では、必ずどこかしらに不幸は生まれている。

アレンの体は、もちろん一つ。

どれだけ優しい心根を持っていようが、手を差し伸べられる人間には限度があるのだ。

だからこそ、気に病む必要はない。

悪いのは不幸を生み出している人間であって、今現在誰かのために拳を握ろうとしているアレンではないのだから。

「……ほんと、いい相棒だよ」

「ふふっ、では哀れで不幸だった私をもらってくれますか？」

「家族交えて真剣に一考してやるから、とりあえずできちゃったになる前に離れてくれない？」

「えー、どうしようかなー？」

「喋(しゃべ)り方(かた)変わってんぞ、小悪魔」

悪戯(いたずら)っぽく笑うセリア。

相棒の笑みに思わずドキッとしてしまうアレン。

その時——

「あ、あのー……」

静かに天幕の入り口が開き、おずおずと一人の少女が姿を現す。

何事だろうか、と。セリアとアレンは状態を起こして首を傾げた。

「どったの？」

「え、えーっとね……クラリス、寝ちゃってて。起こすのも申し訳ないなーって……それで、アレンくん達(たち)の天幕から声が聞こえてきて……」

結局、何が言いたいのだろう？

こんなに恥ずかしそうに体をモジモジさせながら頬を染めるなんて、何事――

「お、お手洗いについて来てほしいなー……って、すみません」

「「…………」」

この子はドジっ子以外にあとどれだけ属性をつけようとしているのだろう？

アレンとセリアは幽霊絶対NGそうな女の子を見て苦笑いを浮かべるのであった。

◆◆◆

「……君、昨日アイシャ様のお花摘みに同行したらしいじゃないか」

「待て、今そんな話する!?」

「何故私を起こしてくれなかった!?」

「怒るポイントそこ!?」

暗いの怖いという可愛らしい属性を見せつけてきた翌日。

行軍の最中に魔法士と遭遇。さて、今日も今日とて戦争だ。

ちなみに、お昼を食べ終わったあとではあるが、この時点で今日三回目の戦争だ。

「アイシャ様がちょっと茂みが揺れた程度で可愛らしい声を上げ、しがみつくあの瞬間こそが生きる意味だというのに……ッ！」

「……そういうのを分かってるから、アイシャも気を遣ったんじゃねぇかなぁ？　自分の身に」

悔しさを当てつけのように大槌で表現するクラリス。

魔法士達のど真ん中で繰り広げられる構図は、流石聖騎士のトップとも言うべきか……酷かった。

こう、転がっているテニスボールをラケットで気ままに打っていくような。

おかげで、テニスボールな魔法士達は先程から何度も彼方へ飛んでいってしまっている。

（なんで俺はどこのポジションに立ってもお守りの役目をさせられるんだ……そっち側のプレイも一回ぐらいは味わってみたいよ）

アレンが近くにいた魔法士のローブを摑み、そのまま詠唱を始めようとした魔法士に投げつけた。

あとは指先から放った雷撃で意識を刈り取れば、一気に二人の無力化完了である。

「にしても、戦争戦争って……多くねぇか？　これじゃあ、そろそろ亀が兎を追い越すぞ？」

ここは空白地帯。

戦争の準備などしていなければ、こんなに敵と遭遇するはずもない。

戦いの最中に考え事など、本来はダメなのだが――

（まるで、何かを守っているような……ッ！）

アレンの頭上に炎の雨が降り注ぐ。

敵味方諸共の魔法行使。

この場にはアレンやクラリスだけではない……活路を開き、近接戦まで持ち込んだ味方がいる。

アレンや聖騎士であれば問題ないかもしれないが、このままでは負傷兵の量産は避けられない。

「セリア！」

「承知しました」

一帯を覆っていた霧が頭上へ掻き集められる。

「氷固」

その霧は一瞬で固形へと変わり、雨を一身に浴びていく。

炎の代わりに氷の雨が降り注ぐが、服が燃えないだけでも高評価と言えるだろう。

「ナイスアシスト！」

「あとでなでなでを要求します」

アレンがどこにいるかも分からないセリアへ親指を立てる。

しかし、その直後。アレンの真横から杖が向けられた。

「望むは火炎の恩恵――」

「ちくしょう、あーもう面倒くせぇ！」

詠唱を始めようとした魔法士の杖を蹴り飛ばし、胸倉を掴み上げる。

「褒めさせてもくれねぇのか!?　飴と鞭の割合を考えなきゃ部下が次々辞めていくんだぞ、この職場はッ！」

クラリスと同様、八つ当たりとでも言うべきか？

アレンは憤りをそのままに彼方へ敵を投げ飛ばした。

こんなにも飛ばせんだ、へー。と、己でも驚いてしまうほどに。

「なっ!?　そっちは――」

魔法士が何かを言ったが、聞こえない。

何せ、宙へ放られたはずの魔法士の体が一瞬にして消えたのだから。

「「「「…………」」」」

『『『『…………』』』』

敵味方、関係なく。

戦場に重い沈黙が広がった。

そして――

「見つけたぞ、超難問の間違い探しの答えッッッ！！！」

『『『『しゃおらぁぁぁぁぁぁぁぁぁぁぁぁぁぁぁぁぁぁぁぁぁぁっ！！！！』』』』

『違う景色を（オーロラ）』は立体ではなく平面。

映像であったとしても、平面さえ越えてしまえば奥には違う景色が広がっている。

つまりは、越えた者の映像は即座に認知ができない。

見間違いか？　そう思ったが、周囲で戦っていたはずの魔法士達が一斉に焦り始め方向転換をしたのが証拠となった。

『ま、守れ！　ここから先には行かせるな！』

『肉の盾でもいい！　魔法国家に己を捧（ささ）げろ！』

『全ては魔法の発展のために！』

まさか、こんなに近くまで来ていたなんて。

不可解な点はある。そ、も、そ、も、顔さえ出さなければ気づかれなかったはずなのに、こうして戦争を起こしてしまっていること。

何故、わざわざ間違い探しのヒントを与えるかのように現れた？

だが、今はそんなことはどうでもいい――

「一問目は解いた！　続いて第二問目……姫様（ヒロイン）を見つけ出したやつが白馬の王子様だ！」

『『『『やってやろうじゃねぇかぁぁぁぁぁぁぁぁぁぁぁぁぁぁっ！！！！』』』』

王国兵も、神聖国の兵士も止まらない。

スミノフが我先にと突貫し、クラリスもまた神聖国の兵士と聖騎士を連れて進む。

アレンは、そんな乱戦を極めた中をすり抜け、一度も後退することなく消えたポイントへと足を進めた。

「っつしゃ！　一番乗り！」

ポイントに踏み入れた瞬間、景色が変わる。

そして、アレンは息を呑んだ。

「んなッ!?」

眼前に広がる施設のような建造物に？　いいや。

先程まで快晴だった空が雨でも降りそうな雲に覆われていたから？　違う。

「な、なんで……」

アレンが驚いたのは、そこじゃない。

何せ――

「なんでてめぇらレティア国がそこにいる!?」

――千の兵士を率いた、和服美女の姿があったからだ。

「さぷらーいず♪　どうじゃ、久しぶりの美女との対面のご感想は？」

ザクッ、と。

草を踏む音が心地よい風が吹く草原に聞こえた。

徐々に刻まれる音が耳に届く中、チューズはゆっくりと顔を上げた。

「予想通りの来客。やはり先に我々へ辿(たど)り着くのはあなたでしたか」

チューズの視線の先。

そこには、特徴的な和服を揺らしながら歩いて来る水色の髪を携えた美女の姿があった。

「予想通りかの？　なんじゃ、サプライズできなくてつまらんのぉ……少しぐらいはリアクションしてくれんと視聴者ががっかりするぞ？」

これは、アレン達と出会う前の話。

レティア国と魔法国家の空白地帯のどこかで、二人は出会う。

「強いて言うなら、予想外なのは連れの兵士がいないことですかね？　まさか、部下を巻き込みたくないという母性でも働きましたか？」

「お主こそ、連れの魔法士の姿が見えんが……お主の予想ではここでの闇討ちは含まれなかったのか？」

「あなたに私が殺せるのですか？」

「魔術師一人ぐらい余裕で殺せるわい、阿呆が」

両者の間に緊張が走る。

とても喧嘩だけで済むような空気ではない。きっと、小心者がここにいれば背後からおどかされた猫のようにこの場から逃げ出してしまうだろう。

その緊張が、数秒か数十秒か続く。

やがて、チューズは降参したように両手を上げた。

「やめておきましょう。互いに目的が分かっているのに無駄な牽制など不要です。どうせ、私がここにいると踏んだからこの場に足を運んだのでしょう？」

「ここは妾達のテリトリーじゃ、誰がどうやって逃げていくのか手に取るように分かるわい」

「あなたがあっち側につかなくてよかった」

「そこはこれからの話にもよるじゃろうて」

エレミスは近くの岩に腰を下ろす。

和服から覗くきめ細かな白い柔肌が色っぽく見えるが、チューズは視線を奪われることなく口を開いた。

「単刀直入に言います。勝ち馬に乗る気はありませんか？」

抑揚なく放たれた言葉。

和服美女は思わず眉を顰める。

「随分と直球じゃのぉ。大国の一つが弱気でどうする？　勝ち馬という言葉が爆笑に変わるぞ？」

「『違う景色を』の魔法は万能ではありません。平面を越えられればお終いの魔法ですから、常に場所を移動している敵相手には中々通じないのですよ」

「要するに、王国の英雄と神聖国の聖女に尻尾を摑まれる可能性があると？」

「もちろん、摑まれたところでこちらには賢者の弟子という貴重な戦力がいます。私や『チルドレン』も加われば、殲滅は難しくても逃げ切ることは恐らく可能でしょう」

王国と神聖国の戦力は英雄と神童、五人の聖騎士。

対して魔法国家側は、賢者の弟子に魔術師が一人、あとはなり損ねた『チルドレン』シリーズが数名。

客観的にはどこか魔法国家側が負けているように思えるが、聖騎士など聖女を殺してしまえばそこいらの雑兵と変わらない。

実際には、替えの利く子供達がいるこちらの方が少し有利ではあった。

「ですが、万全には万全を期したいのです」

チューズは指を二本立てる。

「まず、我々は私の研究施設に向かいます。本国までの行程であれば捕まってしまうかもしれません――その間に、賢者の弟子をバラします。私がほしいのは材料であって美しい女性ではないのです。この時点で、此度の戦争は私の勝ち」

「………」

「その点で申し上げると、レティア国の戦力を貸していただきたい。特に魔術師をも軽く嬲れると自信満々に申し上げた『刀姫』の力を。仮に『違う景色を』を見破られたとしても、施設に侵入されるまでの時間稼ぎをお任せしたい」

いかがです？　と。

返答を催促するような視線がエレミスへと向けられる。

「そっちの話は分かった。というか、じゃ……空白地帯によぉー分からん施設を建てたいという話がまさかそこに繋がっていたとはのぉ」

「魔法国家は物価が高いのですよ。それに、各国から集めた若人を何度も国に入れると各方面から疑われてしまいますので」

「疑っているのは今更じゃろうて」

「レティア国の人間は攫っていないのですからいいではありませんか」

エレミスは眉を動かし、顎に手を添える。

そして、ゆっくりと口を開いた。

「妾達のメリットは？」

「『チルドレン』の研究レポートを差し上げましょう」

「ほう？」

「『チルドレン』の研究が進めば、簡単に魔術師を作れます。嬉しいでしょう？　左右に大国がいるのです、少しは戦力を増やしたくはありませんか？」

レティア国が本格的に神聖国や魔法国家と戦争すれば、百パーセントの確率で負ける。

そうならないよう、少しでも可能性を上げたいのであれば戦力を増やすのは必須。

大国に挟まれた国家に一生付き纏うような悩み。

エレミスは真剣に考え始める。

すると――

「……いいじゃろ。昨日の味方が今日の敵になっても、戦場に倫理は存在せんからの。全体的な戦力も考えて、ベットした馬が勝てるようドーピングのお手伝いもプレイヤー側の仕事じゃて」

話は終わったと、チューズは腰を上げる。

「では、よろしくお願いしますね。一緒にベットした分の掛け金は稼ぎましょう」

そう言って、チューズは魔法を使うことなくゆっくりと立ち去っていった。

再び戻る、心地よい風が吹く中の静けさ。

この場に残ったエレミスは小さなため息をついて、視線を逸(そ)らした。

「……で、お主はそれでいいのかのぉ、ジュナ嬢よ」

視線の先。

そこには、少し悲し気な表情を浮かべる三角帽子を被(かぶ)った女性の姿が――

「……これでいい。これでアレンに迷惑がかからないなら」

この世で最も姫様（ヒロイン）な戦争Ⅲ

戦争に倫理も正義もない。

それぞれに抱く大義があり、それぞれに目指す利益がある。

感情的に戦争に参加するアレンは珍しい部類の人間だろう。

レティア国王妃、エレミス・レティア。

この人間は、一体どのような大義を掲げてここにいるのだろうか？

「あ、あー……えー、ここはレティア国と魔法国家の空白地帯であるー」

エレミスは両手を後ろで組み、気の抜けたような声を発した。

「そして、後ろに控えるのは二ヶ国で建てた施設じゃ。ここに攻め入るというのであれば、妾達も相応の対応を取らねばならんと思うが……そこんところ、どう思うかのぉ？」

「白々しいセリフだなぁ、おい」

徐々に『違う景色（オーロラ）を』を抜けた兵士達が姿を見せる。

もちろん、目の前に昨日の友が立ちはだかっているのを見て驚いていた。

ただ、先に驚いてしまったアレンだけはゆっくりと腰を落として構え始める。

「要するに、お前らはそっちを勝ち馬だって認識しただけだろ？　手を貸してやった分の恩義ぐらいは返してくれてもいいんじゃねぇのか？」

「小さいことを気にする男はモテんぞ？　器が大きい方に女は寄りかかりたくなるもんじゃ……まぁ、妾は野郎に興味はないがの！」

愉快そうに笑うエレミス。

こうして軍を展開するぐらいだ、きっと奥の施設には何かがある。

ただ、どうして？　どうして、エレミスは魔法国家側についたのだろうか？

仰(おっしゃ)る通りの理由なのか？　それとも、アレンの言葉通りこの戦争の勝ち馬を魔法国家だと定めたのか？

いや、それだと違和感が――

「大将、これは攻めても問題ねぇのか？」

横に大剣を肩に担いだスミノフが現れる。

「所詮、大好きな美少女よりも懐が温かくなる方を選んだ残念美人だ」

疑問はある。というより、疑問しかない。

それでも、立ち塞がっているのは事実で、何かを守ろうとしているのは明白で。

「本当の女好きは笑顔を守るところから始めるって野郎の性癖を見せつけてやろうじゃねぇか！」

「よく言った、若造！」

レティア国の兵士と、王国の兵士が一斉に駆ける。

激しい雄叫びと、地を踏む大量の足音が草原の中へ広がった。

「さてさて、英雄の実力を今一度拝見させてもらうとするかのぉ!?」

エレミスが真っ先にアレンへと肉薄する。

大将戦にでも持ち込もうとしているのだろうか? 横にいたスミノフは、すぐさまアレンと和服美女との間に割って入る。

「大将戦に持ち込むんなら、雑兵一人ぐらいあしらってもらわねぇとなァ!?」

「別に構わんが……」

両者、間合いの中。

スミノフとエレミスが一斉に剣を振りかざす。

そして、迎える一閃――

「んなっ!?」

――スミノフの大剣が、真っ二つに斬られた。

「雑兵雑兵。自己認識ができておるようで何よりじゃ」

得物を失くしたスミノフを見て、エレミスは口元を歪める。

剣さえなくなってしまえば、体格の有利不利こそあれ度間違いなくリーチの差が勝敗を左右する。

それでも、やはり大将は守りたいのか？

スミノフは斬られた剣を捨てて肉弾戦（インファイト）へ持ち込もうとする。

「まだまだァ！　競技者を脱落させてぇなら、この命潰してみせろや！」

「よく言った！」

「馬鹿、野郎っ！」

「ッ!?」

アレンがスミノフの脇腹を蹴って彼方（かなた）へ飛ばす。

あんなに軽やかに剣を斬ってみせたエレミスが普通の人間なわけがない。素手で真っ向勝負を挑んだところで、試し斬りの案山子（かかし）として扱われるのがオチだ。

まずは武器。

あくまで刀は金属。雷さえ浴びせれば、少なくとも両手は伝導によって一時的に自由を失うはず。

スミノフと立ち位置を入れ替えたアレンは、雷を刀目掛けて放った。

すると、その瞬間――エレミスは刀を地面に突き刺して手を離す。

「はぁ!?」

「手の内を晒（さら）しとる相手にまだ心を開くのかの？　自己アピールが激しくて、おばさんは照れてしまいそうじゃわい」

エレミスは聖騎士との戦闘を間近で見ている。

クラリスに行った武器を通じての一時停止(スタン)を敵であるエレミスは認知していた。

積極的に殺そうとしない優しい英雄。

戦争の際も、本当であれば大技一つで殺せるであろう兵士を殺してはこなかった。

きっと、立ち塞がって敵同士になったとしても、知人である己を積極的に殺そうとはしないはず。

そんな判断。

目で追うのが難しいはずの電撃に対応してみせたのは、そういった理由からだ。

「目が泳いでおるぞ、英雄。どこのレディーに視線を奪われたのかの？」

エレミスはすぐさま刀を取り直し、驚いているアレンへ迫った。

そこを、エレミスは見逃さ——

驚いてしまったからこその、一瞬の空白。

「そっちは注意散漫だね、女好き」

エレミスは咄嗟(とっさ)に身を反らす。

だが、頬を掠(かす)った何かがエレミスの柔肌に一筋の血を垂らした。

何が？　そう思って視線を下に動かす。

すると、己の右下——腕によって塞がれていた死角へ、修道服を着た少女がナイフ片手に現れていた。

　エレミスはすかさず片手で刀を振るう。

　すると、アイシャはナイフを刀身に滑らせて軌道を逸らした。

　スミノフは剣を真っ二つにされたのに。修道女の持つナイフは、合わせたにもかかわらず無事。

「チッ、面倒な相手が来たわい」

　エレミスは舌打ちすると、そのまま後ろに跳んで距離を取った。

　突然現れ、見事に退かせてみせたアイシャ。

　アレンは意外な人物の登場に、思わず少し呆けてしまう。

　そんなアレンへ、アイシャは目を奪われそうなほどの可愛らしいいたずらめいた笑みを向けるのであった。

「言ったでしょ？　私だって戦えるんだよ」

　そういえば、初めて出会った時も死角から狙われたような気がする。

　いたずらめいた笑みを浮かべるアイシャを見て、またしてもアレンは初対面を思い出していた。

　もしかして、アイシャは暗殺的な戦闘が得意なのかもしれない。

　見た目可愛くてドジっ子属性&お化け怖い属性もついているのに、夜にこそ本領を発揮しそうな方面で特化しているとは。

いや、それよりも――

「首ちょんぱ発言が急に信憑性を帯びて……ッ!?」

「なんでそんな膝から崩れ落ちてるの!?」

いや、だって可愛い女の子は戦力にならなくてもいいから可愛いままでいてほしかった的な男心と甘くなさすぎる現実が胸を抉ってくるといいますかなんと言いますか。

アレンは膝をついたまま、思わず瞳に涙を浮かべてしまった。

「ほほう？ 噂通りの可愛い子ちゃんではあるが、ちょいと余計な要素が加わっとるのぉ」

エレミスは頬に走る血を拭い、口角を吊り上げる。

「おむつが取れたと思ったら大人の世界へ早速飛び出しおって。前の件で鬱憤が溜まっとるんじゃ、容赦はせんぞ？」

「容赦なんて結構――」

頭上から一つの影が差し込んだ。

やがてその影は、大きな槌と共にアイシャの横へと降り立つ。

「こっちだって邪魔に邪魔を重ねられたの……ここら辺で一発、ぶん殴らせてもらうから」

「かっかっか！　威勢やよしっ！」

アイシャ、クラリス、エレミスそれぞれが武器を片手に構える。

二対一。それでも、アイシャがやられればお終いのハンデを帳消しにするイーブンマッチ。

正々堂々、フェアな戦いなど戦場にはいらない。

アイシャが前に出てきたことに文句を言いたいが、聖女を死なせてしまえば大きなアドバンテージを失ってしまうため、アレンも参戦すべく足を進めようとする。

すると、アイシャが片手で制した。

「先に行ってよ、英雄さん」

「いや、だが……」

「この人とは決着つけたかったの。散々ジュナを助けるのに邪魔ばっかりしてきたしね……老害にはここで現役引退の紙を貼り付けてやるんだから」

「汚ぇ言葉使うよな、そんな可愛い顔して……」

「か、かわっ!?」

「おいコラクソ背教者！　私は二対二の戦闘でもいいんだぞ!?」

「なんでお前らは人のボケに過剰に反応するわけ!?」

シリアスなかっこいい場面も台無しである。

「ごほんっ！　まぁ、私怨も多分に含まれてるんだけどさ……効率ってやつだよ」

「効率？」

咳払いをして赤くなった頬を冷まそうとするアイシャに、アレンは首を傾げる。

そして、決意を固めた表情でキッパリと言い放った。

「あなたが先に進んだ方がジュナを助け出しやすい。結果が伴うなら、私は白馬の王子様の役を譲ってモブに成り下がるよ」

思わず、アレンは呆けてしまう。

要するに、足止め役を買って出ているのだ。

聖女は本来、後方で己が死なないように聖騎士を使って戦場を動かす。

にもかかわらず、少しでも戦力を増やそうと己の身を投げ出してまで道を切り開こうとしている。

——そこまでして、信徒を助けたい。

その想いは背中からありありと伝わってきて、アレンは思わず口元を緩めてしまった。

「可愛いぞ、聖女様！」

「んにゃ!?　今私結構かっこいいこと言った気がするのにマスコット枠!?」

アレンが進路を変えて施設の方まで駆け出した。

エレミスはため息をつくだけで追おうとはしない。変わらず、目の前の二人に視線を向けるだけ。

「いいのぉ……妾もあと二十は若ければ、夕日に向かって走り出す青春の一ページに参加できたじゃろうに」

「見た目二十代が何言ってるんだか」

クラリスが先にエレミスへと肉薄する。

レティア国の兵士も、神聖国の兵士も、この場には割って入ってこなかった。

王国兵と魔法士達との戦闘に気を取られているからか、それとも介入できない空気を醸し出しているからか。

エレミスは口元を歪めると、刀を抜いて――――

「彩月」

弧を描くような斬撃が振るわれた。

しかし、最中に割って入ったアイシャが器用に刃を滑らせて軌道を変えていく。

「聖女に守られる聖騎士とは、立場が逆じゃないのかの!?」

「アイシャ様が言うことを聞いてくれんのだ」

空いた胴体へ、大槌の猛威が振るわれる。

「とはいえ、私のことも慮ってくれるアイシャ様を素晴らしいお方だとは思わないか？」

「ははっ、同意じゃ！」

エレミスは大槌……ではなく、柄の部分を蹴り上げた。

重心がある本体よりも、根っこの部分を叩いた方が相手の動きを阻害できる。

器用というかなんというか。

この一連の動きだけでも、三者の技量が凄まじいのが分かる。

きっと、そこいらの兵士を圧倒する実力を持っているだろう。

「流石の妾も、聖女本人と戦ったのは初めてじゃ」

その言葉を発する前、エレミスの背筋に悪寒が走った。

生物の生存本能と言うべきか。

蹴り上げたことによって生まれた足元の死角。そこに、アイシャの姿があった。

反射的に足を引っ込めると、すぐさまそこへナイフが振るわれた。

「お主、本当にシスター見習いの女の子だったのかの？」

「少し前までは包丁しか握ったことない可憐な女の子だったよ」

頭上から大槌が振るわれる。

体勢を立て直すついでに、エレミスは一旦距離を取った。

両者睨み合い。

そこへ、アイシャがゆっくりと口を開いた。

「……気になっていることがあるんだけど」

「なんじゃ、可愛いお嬢さんよ？」

「あなたが魔法国家側についたのは分かった。じゃあ、なんで魔法士がこの場にいるの？」

誰かが抱いていた疑問。

アイシャの言葉に、エレミスはニヤリと笑った。

「そんなこと、決まっておるじゃろうに――」

◆◆◆

空白地帯にある謎の施設。

高さは三階建てほど。近くで見ると程よく壮観であり、汚れのない真っ白な外壁がなんとも特徴的であった。

これは魔法国家が建てたのだろうか？　それとも、レティア国が建てたのだろうか？

そんな疑問がアレンの脳内に浮かび上がるが――

「行くぞ、馬鹿共！　今日も白馬の王子様目指して出馬じゃ！」

『『『『しゃおらァァァァァァァァァァァァァァァァァァァァァァァァァアア！！！！！』』』』

野郎共は気にしない。

怪しいものがあれば突貫するのみ。そこに罠や敵が待ち構えていようとも、何かがあるのは間違いないからだ。

これでなんの手がかりもなく建物を壊してしまえば、それこそ大国関係に喧嘩を売る羽目になるのだが……たとえ、ここが魔法国家の研究施設だろうが、この奥に姫様がいるかもしれないとなれば止まることなく突貫一択。

『ヒーローになれば、魔法っ子美女からの好感度アップ！』

『女の笑顔を守るのが男の役目！　その笑顔だけでご飯三杯は食べられそうです！』

『「ありがと」のハートマーク付きの言葉をもらうのは俺だ！』

敬愛する馬鹿共は人数が少ないにもかかわらず、元気いっぱいに突貫していく。

アレンが施設の入り口であろう扉をノックすることなくぶち壊したあと、雪崩れ込むように下心を持った男達は入り込んだ。

すると、中からローブを羽織った……だけではなく、白衣を纏った男達が杖を向けてきた。

『『『『水槍』』』』

頭上から降り注ぐのは、大量の水の槍。

液体だからといって無害だとは思わない。魔法で構成されたものである以上、殺傷能力は言わずもがな。

それでも、野郎共は止まらない。

『ここで傷ついても、修道服美女が治してくれる！』

『もしかしたら膝枕もあるかも！』

『「頑張ったね♡」ボイス付き！』

「お前ら少しは下心を隠してくんない!?」

どちらに転んでも、野郎共にとってはご褒美のようだ。

（しっかし……なんか殺風景だな）

果敢に攻めていく部下を引き連れながら、アレンは周囲を見る。

装飾も何もない、ただの白い風景が広がる場所。至るところに階段や部屋があり、窓はない。あるとしても、まるで何かを逃がさないようにしているかのような鉄格子が張り巡らされていた。

（こんだけ部屋があったら、囚われの姫様がいたとしても白馬の王子様は迷子になって回

れ右しちゃうぞ）

とりあえず、敵の施設だ。

壊しても何もなくて戦争に発展した場合、どうせ矢面に立たされるのは自分。

戦争嫌い、さっさとトンズラ希望のアレンだが、ここで四の五の言っている場合ではない。

アレンは腹を括（くく）ると、歩きながら巨大な雷の塊を生成した。

「我の覇道は他者が逝くまで続く（ルーズ・クラン・アルシャン）」

かざした手を広げる。

すると、雷の球体は地面を抉（えぐ）りながら魔法士達へと向かっていき、施設の階段や部屋の扉ごと破壊していった。

「大将！　階段消してどうすんだ、俺達青空に向かって飛び立てる小鳥じゃないんだぞ!?」

「あーっ、そうだったマジですまん！」

魔法士に拳だけで突貫していくスミノフから苦情が入る。

確かに、階段を消してしまえばこのエリアから二階、三階へと向かうことは難しい。

まだまだ奥がありそうなので階段がもうないとは思わないが、間違いなく味方のルートを制限してしまった。

だが、そのおかげで見晴らしがよくなったのは事実。

味方の雄叫び(おたけび)と魔法が飛び交い始めた空間の中、アレンは立ち止まって周囲を見渡す。

(ここで囚われの姫様(ヒロイン)がいなきゃ、またかくれんぼの鬼さん継続になるんだが……)

すると、二階にあったとある部屋。

鉄格子の扉が破壊された入り口から、ふいに一つ顔を覗(のぞ)かせている存在がいた。

真っ白な服を着た、小さな女の子。

アレンと視線が合うと、怯(おび)えたようにすぐさま顔を引っ込めてしまった。

(子供……？)

アレンは警戒しながら、瓦礫(がれき)を踏み台にして二階まで登っていく。

今回、この戦場には魔法国家が生み出した異端の子供達がいる。

可愛(かわい)く見えても、聖騎士の首を一発で吹き飛ばしてしまうほどの力を持っているのだ。

魔法士や部下が戦闘に集中している隙に、アレンはその子供がいた部屋へと恐る恐る向かう。

「は……？」

そして――

そこにいたのは、顔を覗かせた女の子と同じ服を着た子供達。

十五歳ぐらいまでの少年少女が鎖に繋(つな)がれたままベッド一つの空間に閉じ込められてい

た。

　いや、というより……隅っこで体を寄せ合いながら、固まっている。

　怯えて頭を抱える子供。歳上（としうえ）だからか、守ってあげようと両手を広げて庇（かば）おうとする子供。

　まぁ、気持ちは分かる。

　何せ、客観的に見れば襲っているのはこっちで、命を脅かすかもしれない人間が現れたのだから。

　ただ、アレンが驚いたのはそこではない。


『も、もうおちゅうしゃいやだよ……』

『ぜ、絶対にこの子達は僕が守ってみせる……ッ！』

『帰りたいよ……お父さん、お母さん……』


　腕や足が変色。

　加えて、どこか身内の女の子に似た汚れ切った瞳。

　全員が全員、見慣れた人間の姿をしていなかった。

　そして――

『無論、誰が悪いかと言えば魔法士共です。どうせ、いくら失敗してもいいよう色々な場所から子供達を攫ってきたのでしょう』

ふと、アレンはセリアの言っていたことを思い出した。

少しだけ、アレンは天井を仰ぎ見る。

そして——

「スミノォォォォォォォォォォォォフッッッ！！！」

空間全体に響き渡るほどの声量で叫んだ。

「施設にいる子供を全員連れ出せ！　宝探しゲームに変更だ、未来ある子供を安全圏まで連れ帰るぞ！」

その言葉の意味が、スミノフは一瞬だけ分からなかった。

何せ、自分は現在進行形で拳で魔法士を殴り倒しており、アレンの言う子供達のことを見ていないからだ。

ただ、それでも。

長年仕えてきた男がこうして切羽詰まったように苛立ちを込めて叫んだということは

……その子供達が、優しい英雄が助け出したい相手なのだろう。

故に、スミノフはすぐさま部下達に向かって大声で指示を出した。

「英雄からのお達しだぜ！　綺麗なダイヤモンドを死ぬ気で奪取しろ！　宝石一つにつき、

大将からの特別賞与！」

「ちょ、ちょっと待ってそれは流石に言ってな――――」

『『『『うぉぉぉぉぉぉぉぉぉぉぉぉぉぉぉぉぉぉぉぉぉぉぉぉぉっ！！！！！』』』』

「お小遣い制王子を少しは慮って！」

兵士達が各部屋へと向かう。

ジュナではなく、野郎共は子供達を保護する方向で動くことに。

敵の行動指針が変わったことで、白衣を着た男はアレンへ向かって叫んだ。

『き、貴様っ！　我らが施設を襲撃した挙句に子供達を連れ去ろうとするなど……いいのか、我々魔法国家と戦争になるぞ!?』

「戦争なら今してるだろうが、クソが！」

アレンは上から敵兵目掛けて雷を飛ばす。

「大義名分なんて知ったことか！　ガキ共が家に帰りたいって顔してんだよ！　それだけで大人は体を張って家まで送り届けるべきだろうがッッッ！！！」

白衣の魔法士は舌打ちをする。

いくら脅迫をチラつかせても止まらないことを、アレンの様子で察したのだろう。

『チルドレン』を作るための施設。

魔法国家の発展のため、魔法を探究する場所。

魔法士達に焦りが滲み始めた――――こいつらだけは絶対に殺さねば、と。

（ここにジュナがいるいない関係なく、こいつらだけは絶対に連れ帰る）

アレンは怯える子供達を無視して、繋がれている鎖を己の魔術で強引に引きちぎる。

鎖が外れたことで、子供達の表情に戸惑いが浮かんだが、アレンは扉の外を指さした。

「馬鹿なお兄ちゃん達がお家まで連れ帰ってくれる。気合いと根性を入れろ、将来二度と味わうことのないスリルを抜けたらいつもの日常だ！」

年長者がその言葉の意図を察したのか、小さな子供を引き連れて部屋を出ていく。

五人、六人。全員が出たのを確認して、アレンもまた同じように外へ顔を出した。

すると――――

「あっれれ～？　騒がしいと思ったら、まさか近年多発の誘拐現場に遭遇しちゃったのかな!?」

部屋を出た先の廊下。

そこに、どこかで見た茶色い髪の女の子二人が立っていた。

「おちゅうしゃのお時間をお知らせしますをお知らせしてこいって言われたのでお知らせに来ました！」

「お知らせお知らせ。でも、それどころじゃないかもかもね？」

二人の少女を見た瞬間、子供達は怯えたようにアレンの背中へと隠れた。

おちゅうしゃが字面だけのものではないのは、悲しいことに子供達の様子で分かってしまう。

アレンは子供達を庇うよう、一歩前へと出た。

「おにいさん、お名前は？　あ、私はリリムで、こっちのお姉ちゃんがミミム！」

「よろよろ」

「呑気(のんき)に自己紹介してる雰囲気じゃねぇと思うんだが……アレンだ、お嬢ちゃん達」

リリムとミミム。

聞いたことがない名前だ。

まぁ、この世界では聞いたことのある名前の方が少ないのだから当たり前かもしれない。

「ところで、お嬢ちゃん達……後ろの子供達が怯えてるんだ。お友達の顔をよーく見て発言してくれねぇかな？　さらに、こっち側に来るとご自宅までの送迎サービスプランを提示してあげよう」

「あはははは！　ないない、何言ってんの!?　あの子達はあと少しで神様に選ばれるんだよ。『チルドレン』の仲間になるんだよ!?　大丈夫、私も痛くて辛(つら)くて泣いちゃったけど、今はこんなにもハッピーなんだから！」

リリムは胸元から取り出したロザリオを握る。

「どこにでもいるシスター見習いの私が、神様に見初められたんだよ。信徒として、これ以上の喜びなんてないんだよ」

セリアの発言通り、子供達は色々な場所から連れ去られたようだ。

神聖国の信仰している宗教。その信徒の証。

発言から薄々感じていたが、恐らく彼女達は元々神聖国の人間だったのだろう。

どんな目に遭って、今に至っているのか？　考えただけでもゾッとしてしまう。

（半分被害者で、半分加害者か……）

確かに、取り返しのつかないところまで来ているような気がする。

それでも、加害者にはどうしても見えなくて。

必死に、嬉しそうに神へ感謝を捧げているリリムの姿が、アレンに戦い難さを与えた。

その時――

「バトンタッチしてくださいますか、ご主人様」

霞が横に現れる。

メイド服と桃色の髪を揺らし、施設に現れた美少女はアレンよりも一歩前へ踏み出した。

「セリア」

「行ってください、ご主人様。姫様を助け出す役目は女性には難しいですから。どうせ、ご主人様の性格上……あの子達と戦うのはやり難いでしょうし」

それに、と。

セリアは目元に手を当ててリリム達と同じような瞳に戻した。

「過去に清算できなかった研究。後腐れなく払拭するチャンスなのですから」

「チャンスってなんなの？」

ミミムが一気に腕を肥大化させる。


「いくら先輩でも、悪い子はお仕置きお仕置き」

「そうだね、お姉ちゃん！　やっちゃおやっちゃお♪」

「やれるものでしたら、ご随意に」


そして、アレンの返答が場に上がる前に、三人は同時に地を駆けた。

過去の研究から逃げ出し、幸せを手に入れた者。

過去の研究から生まれた、現在進行形で不幸の中にいる者。

その両者の戦いが、今施設の中で始まった。

施設の地下。その最下層にあるとある部屋にて、チューズは球体に浮かぶ映像を静かに見ていた。

施設内部、施設外のリアルタイムな映像が流れており、現在進行形で戦っているアイシャやエレミス、セリアに『チルドレン』二人の姿も映っていた。

――チューズ・バラン。

御歳四十五歳。数年前に魔法の頂へと手が届き、魔術師として昇格した天才。

その男は現在……内心で戸惑っていた。

(おかしい)

王国にいる英雄のことだ。

神聖国の話を聞けば嘘かどうかは別として、ジュナという女の子を助けに来るのは分かっていた。

それを想定して己が建てた施設をゴール地点に定め、さっさと素体を解体して終わらせるつもりであった。

相手は絶対にレティア国と神聖国の間の空白地帯と魔法国家までを逆算してルートを制限、待ち伏せするだろうと考えていた。

だからこそ、手前で止まる。

確実に意表を突いたはずであった。

にもかかわらず――

(早すぎる)

まだ何もしていない、何もできていない。

万が一この施設の存在を『違う景色を(オーロラ)』を越えて見つけたとしても、少なくとも五日は猶予があったはずだ。

だがしかし、『遠視観測(ルーキング)』の魔法に映っているのは、現在進行形で襲撃を受けている光景。

レティア国という保険がなければ、今頃神聖国までもがこの施設へ潜り込んで来ていたことだろう。

これを幸と取るにはあまりにも薄すぎるが、今はそうも言っていられない。

「……アレン、来てるの？」

真っ白な空間にポツンと置かれた椅子。

その上に、いつも以上に気力を失ったジュナが座っていた。

「来ていますよ、残念なことに。恐らくここに来るのも時間の問題でしょう」

「……そう」

ジュナは悲しげに瞳を伏せた。

来てほしくなかった。もし今の姿に言葉を当てるのであれば、そんな言葉がピッタリなのかもしれない。

しかし、チューズは気にしない。

目の前にいるのは、もう憧れ妬む賢者の弟子ではないのだから。

素体。己の探究心を満たすための――実験材料（モルモット）。

「こうなってしまえば仕方ありません、早く素体の回収だけでもしておきましょう」

チューズは棚の上から不格好に置かれたいくつかの注射器やナイフを取りトレーの上に置いた。

「……逃げないの？　別に私は抵抗しないけど」

「『転移（テレポート）』の魔法は便利ですが融通が利かないのですよ。移動できるのは本人だけですし、そもそもあなたとてこの短期間で覚えるのは難しいはず」

「……うん、同じ属性の魔法じゃないし、一日はほしい」

「一日、ですか」

何故（なぜ）、そこだけ繰り返したのか？

ジュナは疑問に思ったが、すぐさまチューズの言葉によって解消される。

「あなたが現れただけで、どれだけの魔法士が挫折してきたことか……きっと、あなたには分からないでしょうね」

「……知らない。っていうか、私は望んで天才になったわけじゃない」

「ははっ、そうでしたね！　賢者様の唯一の実験成功者でしたものね！」

チューズは豪快に笑う。

哀れとでも、ざまぁ見ろとでも思っているのだろう。

心底嬉しそうに、心底胸がすいたかのように、先程までの焦りが嘘だったかのように、愉悦しきった笑みを浮かべた。

「そんな今まで妬み憧れた存在が、私の手元に！　あの賢者様が成功した被検体……魔法の叡智が詰まった存在ですよ!?　あぁ、あなたを解剖すれば、一体どれほどの探究心を満たせるのか!?」

「…………………」

「私の『チルドレン』も完成するかもしれない、更なる偉業を成し遂げるかもしれない、魔法の歴史に名を連ねるかもしれない！　その足がかりを好きにしていいというのです……これほど血湧くことはないでしょう！」

チューズの嬉しそうな顔。

それを見て、ジュナは一人静かに思った。

（……私だって、あなたが羨ましいよ）

何かに夢中になれて、何かに楽しさと嬉しさを覚えられて。

自分には何もない。

戦争に駆り出されても、新しい魔法を目の当たりにしても、何もない。

痛いのは嫌だ。けど、やれというのなら仕方ない。というより、もう慣れた。

所詮は、隣の芝生が青いだけ。

チューズや他の魔法士がジュナを羨んでも、ジュナにはそっちの方が羨ましいのだ。

それでも――

（……アレン）

ちょっぴり変態さんで、優しくて、自分を変な目で見なかった男の子。

初めて出会った、自分よりも強い魔術師。

初めは戦っている時だけだと思っていた。あの時の高揚感、あの時の躍動をもう一度味わいたかった。

だから捕虜になった時は少し嬉しかった。

でも、それだけではなくて。

（……ずっと一緒にいると、楽しかったんだよ）

ジュナがとある青年を思い浮かべていると、チューズが様々な器具を持って目の前にやって来た。

「とはいえ、素体を全て使えないのは非常に残念です。しかし、ここで王国の英雄と聖騎士達に包囲される方が面倒。『チルドレン』はまだまだいますし、必要最低限だけ抜き取って離脱させてもらいます」

見慣れた器具。

見慣れた視線。

ジュナはこの時点で分かっていた――どうせ、私はここで殺されるのだろうと。

素体に意識はいらない。

生かした方がメリットがある場合にのみ生かす選択肢が生まれるわけで、メリットよりデメリットの方が大きいのであれば生かす価値なし。

まさに今はその状況。

徐々に伸びてくる手を無視して、ジュナは天井を仰ぎ見た。

(……あぁ、アレン)

楽しかった、感謝している。

迷惑なんてかけられない。自然と、あなたが傷つかない方法を選んでしまうほどの心が生まれている。

それなのに――

「よォ、姫様(ヒロイン)」

ズゥゥゥゥゥゥゥゥゥゥゥゥゥッッッ！！　と。

最下層のとある部屋の天井が崩れ落ちた。

「んなッ!?」

チューズが手を止めて思わず後ろを振り返る。

室内に舞うはずのない粉塵と瓦礫。

そして、そこから姿を現したのは、

「まだまだ話し足りねぇんだわ……邪魔者は即時退場してもらうからさ、家出する前にステージに上がってもらえるか!?」


私はアレンが好き、大好きなんだよ？

だから……なんで来たの？

あなたを、傷つけたくはないのに。

◆◆◆

油断とも言うべきか。

しっかりと映像を確認し続けていれば、もしかしたらアレンがやって来る前にことを済ませられたかもしれない。

面倒だな、と。チューズは少しだけ頬を掻いた。

「ようこそおいでくださいました、王国の英雄殿」

瓦礫と共に現れた青年。

その姿は五体満足。パッと見ただけで、万全の状態だと言える。

軍を率いてから一度も負けたことのない、王国の英雄。そんな人間が相手となると、気合いを入れなければならないかもしれない。

しかし――

（……これはある意味チャンスだ）

賢者の弟子も素体として極上。

英雄も魔術師。多くの戦場を生き抜き、数多の強敵をも倒してみせた逸材。

ここでアレンを倒すことができれば、更に研究が捗る素体が手に入るかもしれない。

チューズの口元に思わず笑みが浮かんでしまう。

とはいえ、慎重にことを進めなければ。

ジュナは、己に関する犠牲には口を挟まない。

逆に、アレンのことに関しては過剰な反応を見せる。

ここで下手に下心を出せば、ジュナが回れ右をする可能性がある。

大きく深呼吸するチューズ。

だが、アレンはそんなチューズに目もくれず奥にいる三角帽子の美女に視線を向けた。

「勝手に家出したら心配するだろ？　せめて行き先ぐらいは教えてくれないと」

おどけた調子で口にするアレン。

ジュナはアレンに顔を見られたくないと、柔肌の見える太股（ふともも）を少しだけ露出しながら膝を抱える。

三角帽子を深く被（かぶ）り直し、小さく呟（つぶや）いた。

「……なんで来たの？」

「あ？　そりゃ、家出の理由を聞きに来ただけだ。物騒な話を隣人から聞いたんだよ……このままだと、ジュナが危ない目に遭うって」

ビクッ、と。ジュナの肩が跳ねる。

「昨日まで殴り合ってた人間の一言って意外と怖くてな、ある程度確証がほしかったんだよ。ほら、本人に聞けば早いだろ？」

「……聞いてどうするの？」

「そりゃ、お前が笑っていられないんなら連れ帰るよ。誰に文句を言われようとも、ジュナが笑っていられるならそれでいい」

そのために、自分はここにいる。

アレンだけではない。国が違うはずなのに、一人の聖女まで腰を上げた。

すべては、たった一人の女の子が笑顔でいられるために。

ジュナの瞳が一瞬で潤んでしまった。

魔法国家にいた時には一切出なかった涙が、温かくなった胸の内と共に現れる。

「……それは聞き捨てなりませんね」

チューズがアレンとジュナの間に割って入る。

「彼女は元々魔法国家側の人間ですよ。そんないち個人の感情だけで連れ帰るなど、どういう理屈で？」

「元々うちの捕虜だろうが、戦争のルール無視して誘拐したのはそっちだろ」

「不当な理由で捕虜にされた仲間を取り返しただけですが？」

「……まぁ、百歩譲ってそういうことだとしよう」

ふぅ、と。アレンが小さく息を吐く。

「だが、てめぇだけはダメだ」

すると、その瞬間――――アレンの体が一瞬にしてブレた。

そして、チューズの顔面に雷を纏った蹴りが突き刺さる。

「ばッ!?」

「どの口でほざいてんだ、散々子供を誘拐しておいて」

チューズの体が地面をバウンドして壁へと衝突する。

真っ白い空間に少しだけ土煙が舞い、薄ら笑いの男が二人の間から消えていった。

「……さて」

アレンはジュナに向き直る。

「もし魔法国家に帰りたいんなら、俺はこのまま引き下がるよ。駄々をこねそうな聖女様に楯突いてでも、捕虜云々の話を捨ててでも、俺は回れ右をする」

「…………」

「逆にこのまま進めば笑っていられないんなら、俺はお前を連れ帰る。笑っていられる場所ぐらい、俺が作ってやる。まぁ、あいつだけはここで潰しておくがな、子供達のためにも」

さぁ、どうする？　と、アレンはジュナに尋ねた。

少しだけの沈黙がこの場に広がる。視界の端に男が起き上がる姿が映ったが、アレンは気にしない。

ただ、ジュナの言葉だけを。

ジュナがどうしたいのかを確認するため、反応を待った。

すると——

「……行かない」

「そうか、じゃあ連れ帰るよ」

「ッ!?」

ジュナは思わず反射的に顔を上げてしまう。

「……どう、して？　私は、行かないって……行きたくないって言ったら帰してくれるって……ッ！」

「そりゃ、確かに言ったけどさ。お前、鏡でいっぺん自分の顔を見た方がいいぞ？」

何せ——

「そんな辛(つら)そうな顔をする女の子の言葉(きょせい)なんて、信じられねぇよ」

自分がどんな顔をしているのか分からない。

瞳に涙が浮かんでいるのは分かる。けれど、表情だけは見えない。

アレンに即答されるほど酷(ひど)い顔をしているのだろうか？

いや、それでも。

「……行かない」

「ダメだ」

「……行かないって」

「分からず屋」

「……行かないってば」

自分はアレンを傷つけたくはないのに。

アレンにこれ以上迷惑なんてかけられないのに。

このままもし王国に戻ったとしても、魔法国家が己の身ほしさに戦争を仕掛けてくるに違いない。

そうすれば、王国は魔法国家の進撃に怯える毎日を送るはず。

そんなのダメだ。

あんな楽しい空間を壊したらダメだ。

何より……嫌いだと、言ったではないか。

戦争はしたくないと、引き籠って自堕落な生活を送りたいんだと。

それなのに――――

「お前の帰る家は俺が用意してやる。だから、少しぐらいは素直になれ」

――なんで、英雄（ヒーロー）は自分のために拳を握ってくれるんだろう？

「……私、は」

だからこそ、ダメだ。

「ッ!?」

アレンの背筋に悪寒が走る。

反射的に首を横に傾けると、そこへ火傷しそうな蹴りが現れた。

もしも、首を横に傾けなければ、今頃後方へ吹き飛ばされていたことだろう。

「ほんっ、と……分からず屋め」

アレンは頬を引き攣（つ）らせ、ジュナから距離を取る。

そして――

「……いいぜ、素直になるまで付き合ってやるよ」

アレンは拳を構えた。

同じく、ジュナも腰を落として拳を構える。

「いくらでもかかってこい、お前が素直になる理由を俺が作ってやる」

「……絶対に、私は戻らない」

同時に二人は地を駆けた。
王国の英雄と、魔法国家の賢者の弟子。
かつて一度戦った相手と、違う気持ちを持って相対する。

雇われの魔法士――クランは今日ほど仕事を恨んだことはない。

ただなんの研究をしているかも分からない場所の警護を任され、今日も淡々と変化のないつまらない仕事をこなす予定だった。

あぁ、確かにおかしいとは思っていたさ。

何せ、たまに子供の泣く声が聞こえる。出入りする別の子供は不気味で、まだ自分の娘と同じ年齢なのに妙な威圧感があった。

同じく雇われた魔法士の人間に聞いても「給料がいいから」という皆同じ理由。

白衣を着ている魔法士に聞けば「知らなくてもいい」の一点張り。

クランはよくも悪くも臆病であった。

家族さえ養えればそれでいいし、子供を残して死ぬつもりも毛頭ない。聞かなくて済むのであれば、何も聞かず無関係でいたかった。

にもかかわらず――

『おい、お前ら！　姫さんが暴れ回ってる間に子供達探すぞ！　美少女の尻に魅力を感じるなよ……巻き込まれたら一発天国だからな！』

『かかってこいや魔法士！』

『っていうか、子供達（ガキども）の場所教えろやゴラァ！』

飛び交う魔法に怒号。

入り口では、メイド服を着た少女といつも不気味に思っていた少女二人が暴れている。

時々爆発が起こり、施設の壁や柱が砕け、ところどころ氷が生まれる。

（化け物共め……ッ！）

自分も魔法士として戦おうとは思わない。

命あっての物種。帰って娘と妻に会うのだ、こんなところで死ぬわけにはいかない。

「ちくしょう！　こんなの安月給じゃあり得ないスリルゥッ!?」

施設の中を走り回っていた時、ふと頭上から魔法が飛んだ。

慌てて身を屈（かが）めると、飛んでいった先には王国兵の姿が。愛国心を失った人間なんてまるで知らんとでも言いたげに、魔法が飛んでくる。

「あーっ、ちくしょう！　妻と娘の顔見たいのに、絶対に遠足で連れてきちゃいけない場所に一番乗りしちまった！」

クランは走る。

戦場と化してしまった施設の中を、もう右も左も関係なく。

一緒に派遣された同僚は生きているのだろうか？　こんな場所に駆り出されているのだ、

巻き込み事故に遭っていないことを切に願う。

『まともに戦うな！　大将からのお達しは未来ある若者を連れ出すことだ！　野郎のケツなんて振られても無視して素通りしちまえ！』

王国兵の中でも屈強で一際目立つ男の声が響き渡る。

あの言葉を信じるのであれば、たとえ王国兵と出会しても両手を上げれば許してもらえるかもしれない。

どちらかというと、よく分からない味方の魔法士の方が怖い。

見つかって戦場に駆り出されるか、それとも立ち向かわない裏切り者をこの場で罰するか。

どちらもあり得そうで否定できるイメージが湧かないのがなおさら悲しい。

(情けないとでもなんとでも言え……ッ！)

男が無様に逃げるなど、娘に見られたら幻滅されてしまうかもしれない。

けれど妻と娘に会えず、二人を遺して死ぬ方が泣かせるに決まっている。

だから蔑まれようとも、嘲笑われようとも生き残る。

入り口の方では魔法士と神聖国兵士が争っていた。故に、逃げるなら反対側だ。

(っていうか、あいつらはなんでここを攻めてきたんだ？)

クランはもちろん知らない。

この戦争が、たった一人の女性を助けるために引き起こされたということを。

唯一分かるのは――

(子供達……さっきから子供達って叫んでい……ッ!?)

クランの足が急停止する。

目の前……廊下の角から姿を見せたのは、白衣を着た魔法士。

姿が見えた瞬間にすぐさま真横の部屋に逃げ込めたのは、臆病根性の為せる業だろうか?

おかげで、魔法士が気づいた様子はなく、走っていく足音が息を潜めた部屋の外から聞こえてきた。

(あぶねぇ……情けないお父さんの生存スキルってもしかしたら世界滅亡の危機でも役立つんじゃないか?)

足音が遠くなったのを確認して、クランは大きく息を吐く。

すると――

「へっ?」

気づかなかった。

息を潜めるのに夢中で、部屋の中に何があって誰がいるのかに。

「ひっ！」

「た、助けてください……」

隅っこにいるのは、白い服を着た子供が二人。

歳は自分の娘と同じぐらいだろうか？　十歳かそこいら。そんな子供達は怯えたようにこちらを見ていた……左右非対称の黒く濁った瞳で。

「…………………」

ふと、何故か。

クランはどこで聞いたのかも覚えていない言葉を思い出した。

『大義名分なんて知ったことか！　ガキ共が家に帰りたいって顔してんだよ！　それだけで大人は体を張って家まで送り届けるべきだろうがッッッ！！！』

……思い出したくなんてなかった。

何せ、今自分の目の前にいるのは、明らかに怯えて――

「もう、お家に帰りたい……！」

そう、言っている子供なのだから。

（なん、だよもう……）

間違いなく、生き残るのであればこのまま部屋を出て外を目指した方がいい。

足でまといになるのは確実で、見つかる危険性(リスク)を負うことになるのだから。

しかし、それでも。

何故だろうか？　あの英雄の言葉が頭から離れない。

「ちくしょう……ッ！」

あぁ、それでもだ。

たとえ、自分が何一つ取り柄がなく、単に簡単な魔法が使えるだけの雑草のような、臆病な人間だったとしてもだ。

こんな子供を、見捨てるわけにはいかない。

自分の娘と重なる子供を目の当たりにして、見て見ぬふりなどできるものかッッッ！！！

「やってやる……やってやるよッ！　パパだってやればできる男なんだ！」

クランはローブを……なんなら上半身の服さえ脱ぎ捨てた。

それは子供達に武器を持っていないと、怯(おび)えさせていた魔法士達とは違うとアピールしたかったからか。

突然脱ぎ出したクランに、子供達は警戒するようにさらに怯える。

しかし、クランは一児の父親らしく、この日初めて頼もしい背中を二人に見せた。

「おじさんが絶対にお家まで連れ帰ってやる！　一緒にお家まで帰りたい友達はいるか!?　場所教えてくれれば、そいつらもまとめてお日様が照らす日常に戻してやるッッッ！！！」

クランは、どこにでもいるような普通の男だ。

しかし、今日という日に限っては。

味方を裏切ってでも、誰かの英雄(ヒーロー)になる。

これだけは、誰にも絶対に文句は言わせない。

「うにゃー！　もうヤダこの先輩ぃー！」

バンッ！　バンッ！　バンッ！　と。

何かが爆(は)ぜる音と同時に、肌を焼くような熱風が施設の入り口へ靡(なび)く。

土煙が建物全体を覆い尽くしている中、薄(うっす)らと霧が溶け込んでいた。

「なんなの、当たらないいんだけど!?　いいじゃん一回ぐらい鬼になってもさー、大人げないってバッシングされる前に立候補した方がいいってー！」

「大人げなくて結構」

ゾクッ、と。リリムの背中に悪寒が走った。

反射的に己の周囲を一気に爆ぜさせていく。まったく気がつかなかったが、背後から白い霞の塊が爆風によって煽られるのが視界の端に映った。

その霞はさらに集い、やがて桃色の髪の少女を形作っていく。

「ここを公園だと勘違いされていませんか？　いくら遊んでも構いませんけど、ここには大人しかおりませんよ」

「むきーっ！　先輩だからって調子乗ってほんと嫌い悪い大人ー！」

リリムが地団駄を踏む。

その姿を見て、セリアは内心眉を顰めた。

（とは言いますが、面倒くさいのは面倒くさいのですよね）

リリムの起こしている猛爆。

あれは爆発の強度こそ違えど、まったくモーションがない。

視線の先で起こるかと思えば、まったく別の場所が爆ぜたり、詠唱すら必要なく予備動作を見せずに爆風が襲ったり。

セリアの魔法がある限り人体への影響はないのだが、不用意に近づけば殺られる可能性はある。

何せ、直接触れる際は一度実体に戻らなければならないのだから。

とはいえ、セリアの魔法は直接触れなければいけないものだけではない。

しかし、殺すのではなくあくまで無力化。

そうしないと、慕っている主人が悲しむから。

ただ、そう上手くいかないのは戦闘が始まってから十数分で理解していた。

(改造されているとはいえ、子供の体。加減を間違えて殺してしまうのは避けたいところです)

それに、と。

セリアが背後を振り返る。

すると、そこには己に向かって肥大化させた黒い巨腕を薙ぐミミムの姿が――

「あんまり妹を虐めない虐めない」

無論、振るわれたからといってセリアの体に影響が出るわけではない。

ただ、どういう理屈か。

己を構成している霧のほとんどが巨腕に触れた瞬間ごっそりと抉られてしまう。

(あの腕……恐らくモニカが使っていた魔術に類似していますね)

属性は緑の『植』。

植物を自在に操り、生成することに特化した魔術だ。

鉱山で出会った魔術師のモニカは、その道のエキスパート……生成速度、運用の自由度。

それらは単なる既存の魔法とは違い、魔術師の域に達した者が扱うものと似ていた。

（幹というより根ですね。安直な発想ではありますが、大気中の水分を急速に吸って私の行動範囲を制限するか、本体を消費させるか……）

本当に厄介。

セリアは霧の中に己を溶け込ませながら内心でため息をついた。

一方で――

「がーうがーうわんわーん」

無秩序に、ミミムが周囲に広がる土煙と霧に向かって腕を振るっていく。

その度に待機中のセリアの魔法を構成している水分が減る。

「先輩の魔術はもう見た見た」

無表情のミミムの腕がゆっくりと大きくなっていった。

「結局、いくら実体がなくても魔術の発動は大気の水分を使うんでしょ？」

「あー、なるほろ！」

リリムが納得したように手を叩いた。

そして、子供に似つかわしくない獰猛な笑みを見せる。

「じゃあじゃあ、大気中の水分蒸発させちゃえば無能力ただの雑魚ってわけだよねお姉ちゃん!?」

そう、セリアの魔術はあくまで『霞』。

魔術を行使する際は、生み出した霧から全てが生成される。

極端な話、魔力で生み出した霧が全てなくなれば固体にすることも液体に変えることもできなくなるのだ。

実体を作らないセリアの攻略方法。

魔力切れを起こさせるか――一帯の霧を全て消すか。

「さてさて問題です！　一度の爆発で起こる熱はＭＡＸ４０００℃！　ところ構わず爆発させた場合、この空間の大気中に含まれる水分は一体どうなるでしょぉぉぉぉぉぉぉぉぉかぁぁぁぁぁぁぁぁぁ!?」

セリアは反射的に大気中の霧の中に姿を隠す。

その瞬間、辺り一帯どころか入り口の広場全体を巻き込むほどの爆発が起こった。

霧をも掻き消すほどの爆炎。

セリアの姿が見えなくなったことで、姉妹二人は額の汗を拭った。

「ふぅ……死ぬ死ぬ。やる時は言ってよ」

「ちゃんと言ったよ大きな声で？　だからお姉ちゃんも身を守れたんじゃん！」

妹の猛爆から身を守ったミミムは、焦げた植物のドームから姿を現す。

ここまで派手にやれば、セリアの霧も綺麗さっぱりなくなるだろう。

まぁ、他の魔法士や兵士が巻き込まれたかもしれないが、魔術師を相手にしているのだ、些事に違いない。

リリムは口角を吊り上げると、その場で背中を向けた。

「さ、お姉ちゃん！　神様に選ばれた私達は同志を連れ戻す責任があるわけで！　宝を奪った泥棒さんを追いかける任務の発生なんだよ！」

「あいあい、分かった分かった」

だがしかし、

「殺ろうと思えば、いつだって殺れるわけなのですが」


「「ッッ！！？？」」

どこからともなく聞こえる声に、二人は反射的に振り向く。

「霧は軽い。息を吸えば自然と肺に入っていきます。さて、まともに学校に行っていなそうな子供達に問題です……もしも、肺に入った水分を固形にした場合、人はまともに呼吸ができるでしょうか？」

しかし、声だけ聞こえても姿は見えなくて。

「つまりはそういうこと」

二人の肩にそっと、何かが乗った。

それがメイド服の少女の腕だということに……二人はすぐ気づけなかった。

「あなた達を倒すのは造作もないのですよ。結局は、魔術師の力を一部借りただけの半端な研究に、本家が負けるわけがないのですから」

そして、二人の体に本当の魔法の極致が襲いかかった。

◆◆◆

アレンが軍を率いるようになってから、もしかしたら今が一番厳しい戦いなのかもしれない。

「おぉ、おぉ！　大いなる土の精よッ！」

真っ白な空間に突然土砂が雪崩込む。

机や椅子をも巻き込み、瓦礫と混ざった猛威が室内を走っていたアレンを襲う。

「チッ！　この探求者めッ！」

アレンは壁に付けられた金具に磁力を当て、己の体を一瞬だけ浮かす。

もちろん、相手は和服美女でもなければ修道服っ子でもないため、責められても嬉しくない野郎への舌打ちは忘れない。

「てめぇはテーブルに呼ばれてねぇんだ、大人しく指咥えて涎でも垂らしとけよ……ッ！」

魔術師がたった一度の蹴りだけでくたばることはなかった。

戦闘の火蓋が切られると、チューズは起き上がって一人の英雄に対して牙を剥く。

まぁ、魔術師一人だけであれば然程大袈裟に「厳しい」などと言うことはなかっただろう。

一番の問題は――――

「……まだまだ」

ゾクッと、以前味わったような嫌な気配がアレンを襲う。

咄嗟に磁力を解除して土砂に身を落とすと、何故かアレンのいた壁が激しく燃え上がった。

（戦闘が始まって少し経ったが……）

魔術師に至った二人の魔術はおおよそ理解できた。

ジュナに関しては、全ての炎を司るもの。

一撃の火力は言わずもがな。問題は不可視の焔だ。

「男の見栄っていうのも張るの苦労しッ!?」

横薙ぎの炎がアレンに襲い掛かる。

火柱は天井まで届き、アレンは咄嗟に屈んで躱す……のではなく、雷を縦一直線に伸ばして己の身を守った。

すると、目に見える炎だけでなく身を屈めようとした場所からも雷越しに衝突した感触が伝わる。

(見える炎と見えない炎の二段構え！　これが余計にやり難い！)

以前戦った時は、向こうが好きな戦闘スタイルで戦ってくれた。

そっちの方が楽しいからと、魔術師に似つかわしくない肉弾戦。

だが、今日に限っては魔術師のアドバンテージを最大限活かそうと狭い空間で中距離戦を仕掛けてきている。

視覚に頼りすぎてはいけないと分かっているのに、視覚頼りを誘発してくる色のついた炎までも攻撃のレパートリー内。

いくら戦闘の才能に愛されたアレンでも、やり難いことこの上ない。

「この程度なのですか、王国の英雄とやらは!?」

アレンの背後から二本の柱が襲い掛かる。

今度こそ身を捻って躱すと、正面に今度は天井まで届くほどの巨体の土人形が立ち塞がった。

「少しはひっきりなしにステージへ立たされる俺の身にもなってくれ……ッ!」

チューズは基本的に土を応用する魔術師なのだろう。

ジュナほどの火力はないが、魔術の種類と幅の広さが尋常ではない。

賢者の弟子のサポートをするかのように、徹底的にアシストに回っている。

だからこそ、アレンが攻めあぐねてしまうという事態に陥っていた。

「あなたが自ら立候補したのでしょう!? であれば、弱音を吐かずに最後まで付き合っていただきたいものです!」

土人形が拳を振り上げる。

すると——

「……私もいる」

「新手のハーレム!?」

——背後に拳を構えたジュナが。

迫る二択。片方に対処していれば、片方に叩かれてしまう状況。

この一瞬で、両方に対処できる方法など思いつくはずもない。

だからこそ、アレンは触れただけで焼かれてしまうジュナの方へ意識を向けた。

「ッ！」

一発。ジュナの拳が届く前に、顎へ蹴りを放つ。

だが、背後の土人形（ゴーレム）の拳が確かにアレンの頭を捉えた。

「〜〜〜ッ!?」

アレンの体が何度も室内をバウンドしていく。

壁に衝突し、土煙が舞い上がった時……アレンは一人額から流れる血を拭った。

「……こういう時、拳を握った白馬の王子様に姫様（ヒロイン）は駆け寄ってくれるもんだと思っていたんだがなぁ」

「……私は姫様（ヒロイン）じゃない」

ゆっくりと、ジュナはアレンに向かって歩く。

「……私は、アレンに傷ついてほしくない」

「ツッコミ待ちか？　現在進行形で愛のムチをいただいてるぞ？」

「……茶化さないで。なんで私がこっち側にいるのかなんて分かってるでしょ？」

分かっている。

ジュナが己の身を考えてそっち側に立っていることを。

戻った先に何が起こるのかも理解した上で、そこに立っているということを。

だからこそ、アレンは大きくため息をつく。

「はぁ……お前ってほんと、姫様（ヒロイン）に向いてないよな」

「……だから、私は――――」

「でも、お前が姫様（ヒロイン）だ」

アレンは口の中に広がった鉄の味を吐き出し、ゆっくりと立ち上がった。

「誰がなんと言おうとも、お前の配役は姫様（そっち）だ。立っている場所を間違えるなよ……ジュナを引き立たせるために、俺達はステージにやって来たんだ」

「ははっ、今更何を！」

傍（はた）で聞いていたチューズが笑う。

「この状況で、一体どうするというのです？　二対一、まともに手も足も出ていない役者が叫んだところで、配役は変わりませんよ？」

「いいや、変わるさ」

ゾクッ、と。

何故か、唐突に。ジュナとチューズの背中に悪寒が走った。

「俺達は馬鹿なんだ……結局、自分勝手に「笑ってほしい」ってだけのために拳を握ってしまう。自分の身も、国の利益も……自分の我儘（わがまま）が強すぎて勘定に入れる気がねぇんだ」

その悪寒の正体が目の前にいる青年だと理解するのに、少し時間がかかった。

アレンの魔術。

己の魔力の全てが雷に変換されたことによって、アレンが生み出す雷イコール青年の魔力そのもの。

だからこそ、天井を突き破るほど立ち昇った巨大な雷の柱を見て……二人は改めて目の前で相対している男の異常さを理解する――

「さぁ、てめぇらボルテージを上げろッ！　どっちの役を取るかの我儘でしかねぇ喧嘩、一方的に難易度上げるぞッッッ！！！」

同じ魔術師であるにもかかわらず、賢者の弟子と呼ばれているにもかかわらず。

王国の英雄の魔力は、遥かに自分達を超えていた。

レティア国王妃――エレミスは女性主権の先導者。

権力者であるだけでなくその実力は戦場に出られるほどであり、女性の身ながら単身で兵士五十人を相手にできる。

刀は独自に編み出した振り方によって、硬度強度関係なく切っ先に沿った断面を見せることが可能。

剣術だけで言えば、帝国の剣聖にも匹敵するだろう。

逆に神聖国の聖女であるアイシャは実を言うとエレミスほどの実力はない。

存在を消して死角に潜り込める体運びやナイフ使いのセンスはそこいらの兵士を超えてはいるものの、流石にエレミスには劣る。

それでも戦場にいなければならないのは、聖女の恩恵を強くするため。

護衛を目的として存在している聖騎士は、聖女の傍にいればいるほど力を増していく

「ふんっ！！！」

クラリスの大槌が地面を抉りながら振るわれる。

対面にいるエレミスが舌打ちしながら横に転がるものの、体に強烈な風圧が襲った。

ただ、大槌を振っただけのはずなのに。

これが直撃すればどうなってしまうことか？　エレミスは内心で冷や汗をかく――――が、ここで呑気に立ち止まっている暇はない。

「さて、もういっちょ♪」

「かまってちゃんじゃのぉ……！」

背後からナイフを振るわれる。

これを屈んで避けたエレミスは背後ではなく正面のクラリスへ、細く長い刀を向けた。

甲高い金属音が耳に響くのと同時に、ついにクラリスの大槌が真っ二つに斬れる。

「私のアイデンティティをよくも！　これでアイシャ様に嫌われたらどうする!?」

「騎士なら騎士らしく剣でも握っておれ」

息をつく暇は与えない。

エレミスは流れるように首元目掛けて刀を振るい……クラリスの喉元から大量の血が吹き出す。

「やはりイメージ通りの属性を持ってくれた方が、妾も興奮するからのぉ！」

だが、これで終わりではないのが聖騎士。

「まだまだァッ！」

クラリスの腕がエレミスの和服へ伸びる。

すかさず刀で斬り落とすが、残ったもう一本の腕が襟首を摑んだ。

そして、クラリスは大量の血を流しながらもエレミスの小柄な体を背負い投げの要領で地面へ叩きつける。

「ばっ、けものめ……ッ！」

不死身の捨て身。

聖女の恩恵を最大限に活かした戦闘スタイル。

エレミスはその恐ろしさを味わい、すぐさま腕を斬って身を起こした。

すると、アイシャのナイフが寝ていた場所へ突き刺さり、何度目かの冷や汗を浮かべる。

（やっとれんわ、本当……）

エレミスは一度距離を取り直し、刀を構える。

（ほんと、損な役割じゃわい）

戦場に激しい怒号と金属音などが聞こえてくる。

もう、この場に王国兵はいない。いるのは己の部下と神聖国の兵士、魔法国家の魔法士ぐらいだ。

衝突が始まってから、数十分が経(た)っている。

エレミスは知る由もないが、すでに施設の中でも激しい状況変化が起こっているだろう。

「まったく、妾も一回ぐらいは姫様(ヒロイン)ポジをやってみたかったわい」

「今回のお姫様は一人だけだよ」

アイシャが愛用のナイフを握り直し、エレミスに視線を向ける。

「クラリスでもなければ、セリアちゃんでもない。あなたでもなければ私でもない。英雄(ヒーロー)が手を差し伸べる相手は、最初からあの子だったんだよ」

確かに、初めはどこかの誰かさんのせいで紆余曲折(うよきょくせつ)があった。

しかし、それでも英雄(ヒーロー)は拳を握ってくれた。

聞いていた話の通り。

同じ聖女であるソフィアと聖騎士のザックが、ことあるごとに言っていた――彼は、本物の英雄(ヒーロー)なんだと。

それは一緒に過ごしていて……こうして立ち向かってくれたことでよく理解した。

だからこそ、アイシャは白馬の王子様のポジションを譲って彼に託すことができたのだ。

「私は私の役割を曲げない。ここで死んだとしても、あの子のために戦い続けるよ」

決意の籠った瞳。

それを受けて、エレミスは肩を竦(すく)めた。

「あーあー、嫌じゃのぉ……妾が女子(おなご)を殺したなんて誤解がもう風の噂(うわさ)に乗って運ばれておるわい」

「安心しろ、被害を受けたとて貴様の妃(きさき)ポジは揺るがん」

「美少女達(たち)に嫌われるのが問題なのじゃが……」

「私はアイシャ様に嫌われることはないからな、風評など気にしない！」

「おっと、空気の読めない部下の愛が重いぞぅー本当に！」

女の子Ｌｏｖｅな珍しい人種にとってはそれが致命的なのだが、そんな珍獣を理解してくれる女の子などいるはずもなく。

エレミスは美人に言われて少し涙目になった。

すると――

「へっ？」

ズゥウウウウウウウウウウウウウンッッッ！！！

と、施設の中心から雷が天まで昇った。


『な、なんだあれは⁉』

『施設の中からだぞ⁉』

『チューズ様は大丈夫なのか⁉』


戦場が天に昇る雷を見て止まってしまう。

無理もない。己の常識では起こり得ないものが、急に守らなければならない……攻め入る場所から現れたのだから。

それを見て、エレミスは獰猛に口角を吊り上げて――

「さーて、そろそろ本腰を入れるかのぉ」

愛刀に視線を落とし、真っ直ぐ一つ横に振った。

「茶番はお終いじゃ、妾は妾の役割を果たすとするわい」

正真正銘。

この瞬間、『刀姫』と呼ばれる所以の猛威が、戦場に現れる。

「もうなんなんだよぉぉぉぉぉぉぉぉぉぉぉぉぉぉぉぉぉぉぉッッッ！！！」

施設の入り口が赤黒い景色に染まる。

もう既に人の気配はなく、当初聞こえていた甲高い金属音も雄叫びも聞こえてこない。

耳に届くのは幼い女の子の叫びが一つと――

「ご近所迷惑ですよ」

キィン、と。

リリムを中心に聳え立った氷の柱が天井に触れる音ぐらいだろう。

「～～～ッ!?」

柱を中心に何度も爆発が起こり、砕けた氷の中から息の荒いリリムが姿を現した。

「どういう理屈、どういう原理!?　もう霧なんてないじゃん！　大気中の水分は私が完全に蒸発させたのになんでさっきか……ッ!?」

「リリム!?」

リリム目掛けて氷の柱が飛んでいく。

なんとか回避したリリムだが、直後に顔の穴という穴を塞ぐように水の球体が覆い被さった。

「少々勘違いされているようですが」

息ができないと藻掻くリリムの耳元に、セリアの声が何故か届く。

「生み出した霧の総量しか魔術が使えないと思われているのは心外です。これでも、私は魔法を極めた魔術師ですよ？」

「ばばべっ!?」

「ほんの少し……視認できないほどの霧がどこかにあれば、私の魔術は総量を増やせます。必ずしも私が中心である必要はありません」

セリアの魔術は他とは違う。

自身の周りにしか展開できない他の魔法に対し、セリアの魔術はどの空間においても発動できる。

たとえば、肩に小さな水滴が乗っていたとしよう。

魔法士にはそれを操作することはできないが、セリアであればその一滴だけで戦場を包み込む程の霧を発生させることができる。

魔法士は生み出した水を操作できるが、地面に溜まっている水を操作することはできない。

　これが魔法士と魔術師の違い。

　魔法を極めた異端児のみが起こせる極致である。

「どういう理屈で操作しているのかは分かりませんが、妹さんの魔法はあくまで自身を起点とした起爆なのでしょう？」

「ッ!?」

「それ故に、自分が爆発に巻き込まれないよう己の周囲コンマ数ミリは爆風も届いていない」

　つまりはそこが安全圏。

　自身が作った霧をリリムに付着させた時点で、霧から自身を生ませるセリアがそもそも死亡することはなく――――魔術も当て放題なのだ。

「さて、学校に行っていないであろう子供に第二問」

　リリムは強引に水の球から顔を出し、セリアから距離を取ろうとする。

「今、あなたの顔には大量の水分が付着しております。さてさて、人の脳は何℃まで下がれば機能しなくなるでしょうか？」

「～～～ッ！！！？？？」

　もう、火傷覚悟。

付着した水分を蒸発させるため、数ミリの壁を自ら取っ払い爆発を起こす。

もちろん、今までのセーフティーを取っ払ったのだ……自身が火傷しないようギリギリで調整するなど、不可能。

「あづっ……いだぁぁぁぁぁぁぁぁぁぁぁぁぁぁぁぁぁぁっ!?」

「リリム!?」

ミミムが駆け出し、セリアの体に肥大化した腕を振るう。

しかし、水分を吸収することができてもセリアの体は掻き消えるだけであった。

「モニカは、自身の生み出した植物で砂漠に森を作ることができます」

「だから、なんだって話、話!?」

「それに比べて、先程からあなたの魔法はあくまで自身の体を中心にして攻撃することしかできない」

魔術師のアドバンテージである遠距離戦を捨てる近距離戦。

先程からそれを主軸に攻撃しているのは、そういう戦闘スタイルなのかと思っていたが
――セリアの出した結論は違う。

ゼロから一を作り出したとしても、二にはなれない。

「やはり半端者。所詮は研究で生み出された力……非力な子供が地面を抉るような力を使うのは凄いですが、結局はその程度なのでしょう」

「ッ!?」

「まずはあなたから」

肥大化した腕が一瞬で氷漬けにされる。

一気に氷点下に落とされたことによって体温がついていかず、ミミムの腕に火傷以上の痛みが襲った。

咄嗟に肥大化した腕を解除。大きいサイズで作られた氷の檻から自分の腕を抜いていく。

とはいえ、それが致命的であることは――――足から這い上がってくる冷え切った霜が教えてくれた。

「殺しはしません。ですが、暴れた分の清算ぐらいはさせていただきます」

足が動かない。

奪われた体温が先程からまともな思考を奪っていく。

このままだと、間違いなくやすりで削られるように意識がなくなってしまうだろう。

そう、なる前に。

「私達は神様に選ばれた子供子供……ッ！」

リリムとセリアを囲むように、密閉された木の檻が生まれる。

「死んでも敗北はしない。悪い大人は絶対に倒すたお――――」

パリッ、と。最後まで言葉を紡ぐことなく、ミミムの体が氷のオブジェと一体化してしまった。

それを見て、リリムは憤ったように叫んだ。

「私達は神様に選ばれた子供ッ！　この世に不幸な子供達が生まれないように悪い大人を倒すのが役目ッ！　この力を使って『チルドレン』はァアアアァァァァァァァァァァァァッッ！！」

姉からの最後の置き土産。

どれだけ水分から魔術を繰り出そうとも、空間さえ絞ってしまえば新しくセリアの体が露出することもない。

死なば諸共。

リリムは最後に獰猛な笑みをセリアへ見せた。

「私達が死んでも、他の『チルドレン』がいる！　私達が負けても誰かが悪い大人を倒してくれる！　私が死ねば死ねば死ねば死ねば死ねば死ねばッッッ！！！」

そして次の瞬間、木でできた檻の中全てに爆発が起こった。

何度も、何度も。姉の置き土産を壊すほどの勢いで、猛爆がセリアや……リリムを襲う。

加減はしない。

自身に水分が付着している時点で、セリアは生き残る。

ならば、自分をも巻き込んで確実にセリアを殺せるよう蒸発させ――

「は？」

「そのような悲しいことを仰らないでください」

本当に気が付けば。

爆発が起こっている木の檻の中に、かまくらのような氷のドームが新たに出現していた。

何故、その中に自分が？

加えて、何故セリアが横で自分の頭を撫でているのだろうか？

「あなたにだって、帰る家があります」

「な、ん……ッ!?」

「悪い大人は英雄がやっつけてくれます。あなたのような子供は、未来を笑って過ごせるよう英雄譚を読んで楽しんでいればそれでいいのです」

トンッ、と。リリムの首筋に手刀が落とされる。

リリムは一瞬だけ白目を剝くと、糸が切れたかのようにセリアへもたれ掛かった。

「……一体、どんな暗示を刷り込まれたのかは分かりませんが」

セリアはミミムを覆っていた氷を解き、霧の手でミミムの体を引き寄せる。

そして、二人の頭を己の膝の上に置くと、優しい手つきでそっと撫でた。

「もう、ゆっくりおやすみなさい……後輩さん」

魔法国家の忌まわしき研究。

そこで生まれた被害者達の戦いは、幸せを手にした子供の手によって幕を下ろした。

セリアの魔術は、自身を魔法とみなして同化させている珍しいものだ。

魔術師であれ魔法士であれ、本来は魔力を事象の媒体として外へ放出させるもの。

つまり、自分とは別のものに影響を与えることで魔法を成立させているのだが、セリアに至っては『魔法を昇華させた魔術＝自分自身』を前提として公式を成立させている。

難しいのは、体全体を魔力に置き換えなければならないことだ。

もちろん、魔法を極めた魔術師の魔力運用センスはずば抜けている。たとえば、ジュナの体温が炎と同化しているのも、自身のモチーフを魔力に置き換えて体全体に纏っているから。

だが、それはあくまで『纏っている』のであって『成って』いるわけではない。

とはいえ、それで充分。

触れただけで焼けるような魔術が展開できる時点で、充分すぎるものだったのだ。

――――この瞬間までは。

「……な、に……それ？」

ジュナが呆然と立ちすくむ。

視線の先……先程まで青白い雷を立ち昇らせていた青年。

その体が、肌さえ全てが真っ白に覆われていた。

「さぁ、第二ラウンドだ」

瞬きを一回したあと、何故かアレンの姿が消えていた。

そして――

「ばッ!?」

チューズの体が、壁へと吹き飛んでいった。

先程までチューズが立っていた場所には、足を振り抜いたあとのようなモーションを見せるアレンの姿が。

「電気の速さって知ってるか？」

アレンがジュナへと視線を向ける。

「雨が降っている時に雷が落ちるだろ？　あれってもう視界に映った時点で摩擦によって発生した電気は地面に当たってんだ」

つまり、電気の速さは光の速さ。

アレンは――

「セリアの魔術を見た時から使ってみたかったんだ、これ。周りを考えなきゃいけないから押し入れの奥にしまっていたんだが……魔術師二人を相手にするんだったら効果的だろ？」

『英雄の規則(プラネタルール)』。

自身の体全体を魔力に置き換え、電気同等の肉体となったアレンの切り札(ジョーカー)。

力とは重さと速さ。

故に、音速を超える一撃は通常の打撃とは比べ物にならないほどの不可視の一撃となる。

加えて、体自身が電気となったことで触れた瞬間に過剰な電力が流れ込む。

「ば、ぎぎがッ……な、これ……体が、痺(しび)れ……焼け!?」

チューズがフラフラと起き上がる。

腹に食らった箇所は服が焦げ、皮膚が焼け爛(ただ)れていた。

「当然だろ、俺の電気は服に発生した静電気じゃねぇんだ……過剰な電気に触れたことはあるか？　下手すれば、大事な指すら吹き飛ぶんだぜ？」

来る、と。反射的にチューズは自身の周りを土のドームで覆った。

すると、その壁を越えてアレンの飛び膝蹴りが顔面へと叩(たた)き込まれる。

「ばッ!?」

「やってみようか、鬼ごっこ！　ハンデをやるから安心しろ、お前がくたばるまで鬼でいてやるよ！」

チューズの体が地面をバウンドする。

音速を超える一撃。こんなの、もう避けようがない。

（マズい……！）

チカチカする視界の中、チューズは人生で一番の危機感に苛まれていた。

（こんなの、二対一云々など関係ないッ！）

一人が攻めている間にもう一人が責める。

それこそが数的有利のアドバンテージ。にもかかわらず、今のアレンの速度はアドバンテージなど無視している。

何せ、攻勢に出させてすらくれないのだから。

防御に回っても易々と崩され、光速の体を捉えられるほどの速度など魔術であっても出せない。

――これが王国の英雄。

戦闘に愛され、戦闘に特化した圧倒的センスの持ち主。

チューズはせめて足場を奪おうと、地面一帯を泥沼へと変える。

そして、空間にいる味方であろう人間に向かって叫んだ。

「働け、賢者の弟子ッ！」

「……ッ!?」

「てめぇが動かねぇなら、王国に兵士を送るぞ!?　それが嫌でこの場に立っているんだろうがッッッ!!!」

滅多に見せないチューズの本心。

圧倒されていたジュナの意識が、伸びた背筋と共に現実へと現れる。

(……ここでアレンを倒さないと)

これからもアレンが苦しむことになる。

ジュナは手加減などせず、部屋全体に向けて灼熱(しゃくねつ)の波を生み出した。

(……いくら速くても、範囲が絞られていれば当たる)

チューズも巻き込んでしまうことになるが、この際気にしない。

自分の身ぐらい自分で守れるだろう。

どちらかというと、防御ではなく攻撃に特化したスタイルになったアレンの方が重要だ。

灼熱の波が部屋全体に広がる。

地面は火の手が上がるというよりも、一瞬にして灰になったような感触へ。

ジュナは大きく息を吸って、確かに変わった地面から視線を上げる。

すると――

「熱が伝わる時間にはラグがある」

――何故(なぜ)か、目の前に意識を失ったチューズの首根っこを掴んでいるアレンの姿があった。

「触れただけじゃ、熱は伝わらない。人が火傷しないよう反射してみせるように、コンマ数秒の世界を超えれば灰になるほどの熱でも意味を失くす」

アレンの視線が、ジュナへと向けられる。

優しい、安心させるような笑みを浮かべて。

「どうだ、素直になれそうか？」

そんな寄りかかりたくなるような顔を見て、ジュナは思わず一歩後ずさってしまった。

（……あぁ、主よ）

私は一体、どうすればいいのでしょうか？

◆◆◆

ジュナは十五歳以前の記憶がない。

『おぉ、流石は賢者様！　副作用がまったくないとは！』

『記憶がないところと感情が乏しいところは気になりますが……魔力の運用センスと総量が桁違いです！』

『これなら賢者の弟子と呼んでも問題ないでしょうなぁ！』

自分がどんな存在なのかは分かっていた。

下心で道具としか見ない大人の視線を浴びて、ただただひたすらに魔法を詰め込まれた自分は実験動物(モルモット)でしかないのだと。

たまに痛いこともされる。よく分からない液体を飲まされそうになったこともあったし、何度血を抜かれたか分からない。

この程度で終わったのは、自分が賢者の弟子だから。魔法国家史上最高傑作だからだろう。

（……つまんない）

何をしても面白くない。

よく分からないけど戦場に連れて行かれる。帰ってくれば白い部屋で色々検査と実験を受ける。

楽しいことなんてない。

強いて言うなら、教会に通うことにハマったぐらいだ。あの他力本願で頭を空っぽにできる時間が、なんとなく好きだった。

（……でも）

本当に楽しいことを知った。

ただ蹂躙(じゅうりん)するだけの戦闘で、あんなにも熱くなったのは初めてだった。

教えてくれた彼と一緒にいるのも楽しい。捕虜になってから、歩いている景色も時間も大好きになった。嫉妬するメイドの子や、時折「あれがおにいさまのお嫁さん候補……」などとチラチラ見てくる王女もいたが、接してくれる人は皆温かかった。

こんな感情、アイシャ以来だ。

こんな私に、こんな気持ちが芽生えるなんて思ってもみなかった。

主よ、ありがとうございます。私のお願いを叶(かな)えてくれて。

だから、教えてください。

私は、どうすればいいのでしょうか――


「だから、素直になりゃいいんだよ」

アレンがチューズの体を放り投げ、白い体をいつもの姿へと戻した。

「……な、に……してるの？」

「あ？　こっちの方が好きって前に言ってただろうが。別に俺は好きじゃねぇが、いい男っていうのは女の子の好みに合わせるもんだ」

いいや、今は冗談を聞きたいわけではない。

せっかく光速で動けるような体になって、自分は為す術がなくなっているのに。

何故、自らアドバンテージを？　もしかして、あの魔術には制限があったとか？

「制限なんてねぇよ……言っただろ、素直になる理由を作ってやるって」

真っ直ぐに、アレンはジュナを見据える。

「俺達は大人だ、そりゃ素直になっちゃいけない場合もある。子供じゃないから甘んじて受け入れなきゃいけねぇ、自分だけじゃなくて他人のことも考えなきゃいけねぇ。結局、大人になって我儘になっていい時なんて指で数えるほどしかないんだ」

そうだ、だから自分は戦っている。

傷つけたくないという矛盾を抱えながら、アレンに牙を剥いているのだ。

「……それが分かってるなら、なんで」

なんで、自分を連れ戻そうとするのだろう？

アレンにとって、今の状況は何一つとして美味しいものはない。

確かに、自分を引き込めば大きな戦力となるだろう。しかし、戦争が一個人の力だけで解決することなんてない。

たとえば、戦場に立たされる兵士の命。攻め込まれた場合の領地の被害、消耗する食料や備品。

アレン自身、戦争は嫌なはずだ。

自分を囲ったところで、このままだと大国と呼ばれる魔法国家と絶え間ない戦争が続くことになるだろう。

分かっているはずなのに。

それが分かっているはずなのに。

この英雄(ヒーロー)は、何故拳を握るのだろう――

「お前が笑っていられねぇから」

「ッ!?」

「一人の女の子の不幸の上に成り立つ平和なんて、クソ食らえって話だ」

アレンは叫ぶ。

「いいか、よーく聞け！　俺達は大人だ、物分かりのいい大人にならなきゃいけねぇ！　でもな、それでも譲れない矜持(きょうじ)っていうもんが絶対にある！　譲れなくて、誰かにとっちゃくだらないもんだと分かっていても拳を握って！」

素直になれない子供に。

「俺達はそんな馬鹿なんだ！　大人であっても、馬鹿(こども)であることを誇りに思う！　我儘なんて貫き通せ、甘えたいなら素直に甘えろ！　今のお前には、そんな馬鹿が手を差し伸べてんだ！」

ありったけの感情を込めて。

「『助けて』って言えやァァァァァァァァァァァァァァァァァァァァァァァァァァァッ！　そんな顔して目の前に立つんじゃねぇ……大人になれねぇんなら、素直に子供のまま頼ればいいんだよッッッ！！！」

ジュナの瞳に涙が伝う。

今まで、言われたことのない言葉を受けて。

「……いいんだよ、素直になって」

アレンは腰を落とし、青白く輝く雷を纏って拳を握った。

「素直になれる理由を、俺が作ってやる。お前が笑っていられる空間を、俺が作ってやる。安心して帰れる家を、俺が用意してやる」

だから、と。

涙を流すジュナに向かってアレンは小さく笑った。

「来いよ、姫様。馬鹿な白馬の王子様が、お前を絶対に幸せにしてみせるから」

「う、あぁァァァァァァァァァァァァァァァァァァァァァァァァァァァッッ！！！」

王国の英雄と賢者の弟子。

かつて起こった戦いと似て非なる最終決戦が、エピローグに向けて進む。

小細工などいらない、魔術師同士の肉弾戦（インファイト）。

先に切り出したのは……というわけではなく、ほぼ同時に動き出した。

「「ッッ！！？？」」

二人の拳が通過し、それぞれの顎に突き刺さる。

そのせいで両者が後ろへ押し退（の）かされ、苦悶（くもん）の表情を同時に見せていた。

（……やっぱり、意識持っていかれる！）

（分かっちゃいたけど、クソあちぃなこんちくしょう！）

もちろん、二人の拳がただの拳なわけがない。

アレンの一撃は電気を纏い、触れた時点で相手に強大な電圧が電導する。

一方で、魔力を全身に纏っているジュナもまた、触れただけで摂氏５００℃以上の熱伝導を引き起こす。

触れた時間が一瞬とはいえ、アレンが先程見せたほどの速さではない。

たった一撃を食らっただけで、威力だけではないダメージが蓄積する。

「まだまだァ！」

アレンがすかさず鳩尾（みぞおち）に蹴りを放つが、ジュナは身を反らして足を掴（つか）む。

服が一瞬で燃え上がるものの、アレンは跳躍して首筋に別の足で蹴りを叩（たた）き込んだ。

しかし、ジュナは白目を剥くことなく、次の機会を狙うようにこちらを見据えてくる。

（相変わらずの耐久力！　女の子だっていうのに、スミノフ以上に頑丈じゃねぇのか!?）

そういえば、鉱山で戦った時もかなり粘られていたような気がする。

一発二発当たればお終いのはずが、七発以上も耐えられていたような。

加えて、攻撃しただけでも己にダメージが入る。

言わば我慢比べ。どちらが先に限界を迎えるかの肉弾戦。

アレンの口角が自然と吊り上がる。

そこへ、ジュナの膝打ちが突き刺さった。

「……なん、で」

意識が飛びそうになるほどの電撃を受け、ジュナは呟く。

「……なんで、そんなに頑張れるの!?　楽な道に進みたいんじゃないの!?」

「ばッ!?」

「……回れ右すればいい話。道端の石ころを拾ったのもつい最近の話！」

ジュナの拳が脇腹へと叩き込まれ、確かな熱と衝撃がアレンの意識を遠のかせる。

「……私は分からない」

「だーかーらー！」

「……私は、どうしたらいいのか分からないっ！」

「素直になればいいって言ってんだよッ！」

アレンがすぐさま飛び膝蹴りを見せ、ジュナが両手でガードする。

とはいえ、そうして空いたのは胴体。アレンは身を捻(ひね)り、脇腹へ回し蹴りを叩き込む。

「意地張る必要もねぇ、俺を慮(おもんぱか)る必要もねぇ！　頭でっかちか、お前は……そんな綺麗(きれい)な顔しといてよ！　乗れる船があるならさっさと乗っちまえ、出航すんぞ！」

「……同じ船に乗ったら、アレンに迷惑がかかる！」

「そんなの、迷惑かけちまえばいいだろうが！　誰が嫌って言った、誰がお前を見捨てた!?」

今戦っているのはアレンだけじゃない。

戦争まで起こして信徒(なかま)を救おうとした聖女がいる。嫌っている国の出身の人間なのに、ついて来てくれた天才がいる。女が笑っていられないからと、命を賭けた馬鹿共がいる。

もしも、ここで魔法国家に帰りたいなら帰ればいい。

けれど、そうでないのなら。本当は嫌なのだとしたら。助けになりたいと拳を握った英雄(ヒーロー)が手を差し伸べようとしている。

「初めから貫き通したいなら徹底的にしろや！　その顔はなんだ、泣いてんじゃねぇか！　男は女の涙に弱いんだよ、歴史の教科書一ページ目に書いてあるから予習して来い！」

顔面に向けられた拳。

それを両手でガードしたものの、ついに踏ん張りの利かなくなった足がジュナを後ろへ転がした。

（……分かってる）

肉弾戦(インファイト)で自分が勝てるわけがない。

相手は英雄。魔術勝負ならいざ知らず、ただの肉弾戦(インファイト)で歴戦の猛者に引き籠りが勝てるわけがない。

それは実際に以前証明されてしまっている。

けれど、ジュナはフラフラとした足取りで立ち上がる。

なにやってんだろうと、そんなことを思いながら。

そして、ただ湧き上がる高揚感が、ジュナの思考を邪魔してくる。

「……私はアレンに幸せになってもらいたい」

「…………」

「……感謝してるから。アレンは、私に知らない感情を教えてくれた」

「…………」

「……好き、大好き。私はアレンが大好き」

「…………」

「……だから、私はアレンに傷ついてほしくない。ねぇ、これって悪いこと？　私は！　アレンに迷惑をかけたくないのこれって悪いことなのッッッ！！！？？？」

アレンはただれていない手の方で頭を掻（か）いた。

「あぁ、間違ってるよ」

「ッ!?」

「なんで一人勝手に自己完結してんだよ。あれか、自己欲求（オナニー）よがりの脚本を書いて舞台でも開くのか？」

違うだろ、そうじゃない。

アレンは真剣な眼差（まなざ）しで、きっぱりと言い放った。

「俺達で幸せになればいいんだ。お前のおせっかいで勝手に主人公（ヒーロー）のオチをつけんじゃねぇよ」

言葉が出なかった。

こんなにアレンを傷つけて。これからもアレンを傷つけることになってしまうというのに。

アレンはずっと変わらない。

変わることなく、私の幸せだけを考えてくれている。

ついに、折れた。

姫様(ヒロイン)の、心が。

「……いい、の？」

「いいんだよ、別に」

「……私、重いよ？」

「美人は重いぐらいがちょうどいいって、俺の親父(おやじ)が言ってたぞ？　その方がナニが過剰な元気を見せるんだってさ」

ジュナの瞳から涙が伝う。

すると何故(なぜ)か、勝手に。己の口元が緩んでしまった。

「……じゃあ、素直になる」

ジュナは己の拳をアレンへ突き出した。

「……あと一回。あと一回ずつ。これで私が負けたら、姫様(ヒロイン)になってあげる」

「上から目線かよ……こりゃ、白馬の王子様も苦労するわ」


それでも、アレンは拳を握った。

これは、なんの意味もない戦いなのかもしれない。

ただただ互いが意地を張る、不毛な争い。

魔術師らしくもない、拳での殴り合い。

それでも、通したい我儘があって。

ジュナは涙を浮かべながら笑っていた。

アレンとジュナが同時に一歩を踏み込んだ。

避ける避けない関係なく。誰にでも分かるような大きなモーションで振り被って。

ジュナは報われたような柔らかい笑みを浮べていた。

ゴンッ、と。鈍い音が炸裂し、ジュナの足から力が抜ける。

そして――


「悪いな」

最後に立っていたアレンは、崩れ落ちそうになったジュナの体を支える。

もう、触っても焼けただれるような熱は感じない。

この瞬間に分かる――

「……アレン、大好き」

「おっ？　ようやく姫様っぽくなってきたんじゃねぇの？」

ようやく、素直になれない女の子が姫様になったのだ、と。

ジュナは愛おしそうに笑みを浮べて、英雄に抱き着いた。

◆◆◆

こんな結末があっていいのだろうか？

放り投げられた際に意識を取り戻したチューズは、現状を見て愕然としていた。

ここに至るまで、どれだけの保険をかけたと思っている？　神聖国を誑かし、レティア国をけしかけ、王国に残っているジュナを連れ戻す作戦。

無論、そこに関しては成功した。神聖国の聖女も思った通りに動いてくれた。帝国の第一皇女が王国の英雄と親しく、レティア国を仲間に引き込んだという話も聞いた。だからけしかけ、レティア国を使って王国が動くようにした。

魔法国家に攻められ、理由さえあれば一旦賢者の弟子を引き連れて他所へ逃げるのも想定通り。

ことが全て終わって、今度は安全策を敷いた。

王国の英雄が感情に流されやすい性格なのは事前に把握済み。聖女と手を組んで奪還しようと考えるだろうと予測して、ゴールを『チルドレン』のいる施設という中間地点に設定。万が一に備えて魔法士、『チルドレン』だけでなくレティア国まで引き入れた。

――――にもかかわらず。

なんだ、この現状はッッッ！！！？？？

「……さて」

アレンの視線が、チューズへと向けられる。

「起きてるのは知ってんだ、野郎の寝たフリなんて気色悪い絵面はもうやめてもらおうか」

気づかれていた。

向けられるのは、ジュナに見せている優しいものとは打って変わって獣のような目。

そこへ憤りが乗せられ、チューズは反射的に起き上がってしまった。

「確かに俺の目的はジュナの意思を確認して、必要なら連れ戻すこと。この段階で、姫様と主人公の役目は終わった」

だがしかし、

「言っただろ、てめぇだけは、ダメ、だ」

逃がさない。

ステージを降りたとしても、諸悪の根源だけは。

(な、んなのですか……ッ！)

ここに至るまで、多くの苦難があった。

魔法至上主義。魔法を上手く扱える者こそが優遇される。

そんな世界でようやくこの歳で魔術師に至り、エリート街道を歩き始めたばかりなのだ。

それが、たった一つの戦争で全てが泡となりかけている。

（王国の、英雄……ッ！！）

こいつさえいなければ、何事もなかった。

いや、もしかしたら。ジュナが王国の捕虜となった時に出てしまった欲が……今の現状を生み出したのかもしれない。

『賢者の弟子……いいサンプルではないですか』

ずっとほしかった、賢者の成功個体。

己の知る賢者は離れる者に対して関心を抱かず、捕虜になった時点で賢者の弟子の扱いを放棄する。

だからこそ、もし取り返しさえすれば賢者の弟子は自分のものとなる――――そう考え、漁夫の利を狙うように計画を立てた。

あぁ、分かっている。

「ジュナを弄ぼうとし、子供達(たち)をクソったれな自己満足(オナニー)の道具にした」

賢者の弟子を望んだ時点で、

「てめぇだけは、日の下を歩かせない」

虎の尻尾を、踏んでしまったのだ。

（どうする!?）

ここで落ちていくわけにはいかない。

施設の外がどうなっているか分からないが、アレンがこの場にいるということは少なからず被害はあるはず。

それを盛り返すためにも、賢者の弟子のサンプルぐらいは確保しておきたい。

(だが……ッ!)

予想以上の実力を持ったアレン。

加えて、あの様子だと間違いなくジュナはこちら側にはついてこない。

両者満身創痍(まんしんそうい)ではあるが、それは己も同じこと。

もう、魔法一発が限界な体になってしまっている。

敵は戦闘に愛された異端児と、魔法に愛された異端児。

勝てる道理など――――どこにもない。

「覚悟はできたか?」

ゆっくりと、虎の足音が近づいてくる。

間違いなく、アレンは己のことを逃がすつもりはないだろう。

王国の英雄は無駄な殺傷を嫌うが、今の雰囲気はその情報を信じさせてくれないほど禍々(まがまが)しい。

(そうですね、覚悟ですね……ッ!)

覚悟は、被害。

ある程度の犠牲を払ってでも、地に堕ちるのだけは避ける。

この命さえあれば、魔術師として盛り返せる機会などまだいくらでもあるのだ。

故に――

「『転移』！」

――チューズは、この場から逃げることを選択した。

◆◆◆

「ぜぇ……はぁ……！」

『転移』の魔法はそれほど便利ではない。

長距離を移動することはできないし、自分しか運ぶことはできない。

加えて魔力の消費量も激しく、施設の外に逃げ出したチューズは一瞬にして息を荒くしてしまっていた。

(魔力が、底を突きましたか……ッ！)

だが、これで逃げ切れた。

あとは、外で戦っている己の部下とレティア国の人間を何人か使って確実に魔法国家まで戻る。

「い、ひゃひゃひゃ……」

チューズは起き上がらない体のまま、地面に向かって狂気じみた笑みを見せる。

「このままでは終わらせません、王国の英雄！　この辛苦は必ず、清算させて――」

だから、気づかなかった。

這い蹲っているからこそ、分からなかった。

「なーにを、清算するってー？」

今、この施設の外という戦場には魔法士が誰一人として立っていないことに。

そして、目の前の誰かが己の顔を覗き込んでいることに。

反射的に顔を上げると、そこにいたのは修道服を着た少女と――

「な、ん……ッ!?　何故あなたがそちら側にッ!?」

「どうしたのかの、童。そんな奇天烈でお茶の間ウケもせん顔をして？」

――珍しい和服を着た、美女の姿があった。

「清算？　あははっ！　ねぇ、聞いた？　清算だって！」

「まぁ、言っていることは間違っておらんじゃろ。思っていた解き方じゃなかったが、結

局同じ答えになってしまったというだけじゃ」

二人の女性は、チューズの内心とは裏腹に獰猛(どうもう)な笑みを見せる。

そして――

「さて、お主の言う通り……そろそろこの戦争の清算でもしようかの」

「心の準備はいいかな、クソッタレさん。あーゆーれでぃー？」

アレンの雷が施設から立ち昇った時。

施設外の戦場は、一気に動きが変わり始めた。

『これは一体、どうして!?』

『な、なんでレティア国が……ッ!?』

『ちくしょう、あいつら裏切りやがったッ！』

ただでさえ減っている魔法士。

そこへ群がる兵士達。傍(はた)から見れば、蟻(あり)に襲われる獲物のよう。

とはいえ、こうなってしまったのもほんのつい先程のこと。

そもそも、レティア国が回れ右をして魔法士を襲わなければこのような構図にはならなかったのだ――

「さぁ、妾達も働くぞ！　このままだと悪役ポジのまま幕が下りてしまうからのぉ！」

『『『『うぉぉぉぉぉぉぉぉぉぉぉぉぉぉぉぉぉぁぁぁぉっ！！！』』』』

少し前に聞いた雄叫びよりも、どこか清々しいもの。

戦場にいる兵士に向かって叫ぶエレミスもまた、清々とした顔を見て口元に笑みを浮かべていた。

「いやー……こう見ちゃうと凄いねー」

魔法士の喉元を斬りながら、アイシャは苦笑いを見せる。

「戦争ってあんまり参加しないから初めて知ったけど、罠に嵌った冒険者さんの末路ってこんな感じなんだろうなぁ」

「ふふんっ、妾の手のひら返しのおかげじゃな！　ほれほれ、聖女っ子美少女ちゃんよ……もっと褒めてくれてもいいんじゃぞ？」

「えー、さっきまで全然教えてくれなかった人に頭を撫でられるの抵抗あるー」

アイシャは少し前のことを思い出していた。

戦場に雷が現れる前――――エレミスと、本気で衝突し合った時。

アイシャは「なんで魔法士がこんなにたくさんいるのか？」と聞いた。

まぁ、分かる。ここにいるのは施設を守っている魔法士なんだろう、と。

ただ、それはあくまで『違う景色を（オーロラ）』の壁を越えてからの話だ。

要するに、わざわざ顔さえ出さなければ見つかる可能性なんてなかったのに、ということ。

アイシャ達は、魔法士が現れる度に戦闘をしていて自然とこの場に流れ着いた。

そんなことさえなければ、アレンが偶然壁を越えることなんてなかっただろう。

『そんなこと、決まっておるじゃろうに——御者（わらわ）に尻を叩（たた）かれたからじゃよ』

『……どういうこと？』

『ゼロから一を見つけるのは難しい。答えを知っておる者がヒントを与えん限りの。まぁ、つまり……妾は元より美少女は見捨てん主義ということじゃ』

エレミスは、魔法国家側についた。そう見せかけた。

でないと、アレン達はいつまで経（た）っても答えを見つけることができないから。

目の届かない場所で警戒している魔法士達を己の兵士達で誘導し、アレン達が通るであろう場所で会わせる。

それを何度も繰り返していくと、ゴールに辿（たど）り着く仕組み。

エレミスは迷子になっている子供に、分かりやすい目印のクッキーを落としていったのだ。

「……初めから教えてくれればよかったのに。私、あなたに本気でナイフ向けちゃったじゃん」

「かっかっか！　敵を騙すには味方から、戦争の常識じゃて若者よ！　それに、どうせチューズとやらは妾達を監視しておったじゃろう……ある程度、本気具合いを見せておかないといけんかったんじゃよ」

だからこそ、アレンの雷が見えた時に行動した。

アレンが戦っているということは、チューズは監視する余裕がないということ。その隙に形勢を逆転させ、姫様奪還の準備をする。

全部、ここに至るまで。

エレミスは――

「金か女かで選ぶなら、間違いなく女の方に天秤は傾く。妾とて、美談で終わる戦争になるなら、英雄側につきたくなる乙女じゃよ」


結局、すでに退路は断たれていた。

チューズは辺りを見渡すが、倒れている味方の魔法士が見えるだけで、立っているのは聖女の力で治癒された五体満足の神聖国とレティア国の兵士。

聖女と王妃の後ろには、女神の恩恵を賜った聖騎士が五人もいる。

「クソが……ッ！」

チューズは血が垂れるほど唇を噛み締める。

アレンのせいで、今の自分にはもうこの人数を相手にできるほどの魔力も体力も残っていない。

「王国の英雄め……！」

あいつさえいなければ。

欲で手を出したのは自分だが、今この瞬間――己の責など頭に浮かばない。

あいつさえいなければ。

それだけが、力なく這い蹲るチューズの頭の中を渦巻く。

「分かったでしょ、もうあなたはここでお終いなの」

アイシャが見下すようにチューズを見る。

「どう足掻いても形勢は変わらない、あなたが生き残ることもない。あの子はあなたがこうして地面を舐めた時点で救われたの」

「で、ですが！　たとえ私がいなくても賢者の弟子は貴重な素体！　必ず、賢者の弟子を巡って戦争が起こりますッ！　そうなれば弱小国だけではあの子を守ることはできないでしょう！　結局、ここで勝ったとしても辿る道は同じだッッッ！！！」

悪足掻きではない。

せめて、最後に不安と恐怖を残してやろうと、チューズは二人に向かって叫ぶ。

しかし、それを受けてアイシャとエレミスはおかしそうに笑った。

「馬鹿じゃのぉ、お主」

「それ、本気で言ってる？」

「な、にを……？」

予想外な反応に、チューズは思わず固まってしまう。

「神聖国が聖女、アイシャ・アルシャラ」

「レティア国が王妃、エレミス・レティア」

そして、そんなクズに向かってアイシャとエレミスはキッパリと言い放った。

「「我らは賢者の弟子が王国にいる限り、いついかなる時でも手を差し伸べる」」

違う国であっても、時には敵になったとしても。

今日守った笑顔のためなら、また拳を握る。

何が二人をそうさせるのか？　この時、本当に、チューズという魔術師は理解ができなかった。

「まぁ、理解できんのも無理ないわい」

エレミスが肩を竦めて、腰に差した刀を抜く。

「要するに、最初から全部……この戦争は全て姫様のためのものだったということじゃ」

エレミスの振るった刀によって、チューズという男の意識も未来も途絶えた。

そして、この瞬間――本当の意味で、姫様を巡る戦争は無事に幕を下ろしたのであった。

「ねぇ、ちょっと待って！　今思ったら数年ぶりの再会なんだけど出会うシチュエーション合ってる!?　仕切り直した方がいいんじゃない!?」

「いや、仕切り直すって言っても目の前にいるんだが……」

無事に戦争も閉幕。

壊れかけている施設の外で合流した皆々様は、余韻に浸ることなくそれぞれの想いを形にしていた。

エレミスは「眼福じゃ……」と美少女に囲まれ鼻血を垂らし、アイシャは今更ながら緊張しているのかクラリスの背中に隠れ、愛する聖女の過度なスキンシップによりクラリスもまた鼻血を垂らし、セリアは二人の少女に魔術を見せ、アレンは――

「……私も緊張する。第一声は「久しぶり」で合ってる？」

「合ってる合ってないの確認はこんな至近距離でするもんじゃねぇだろ……」

緊張する二人の板挟みを受け、頬を引き攣らせていた。

「あー、もう鬱陶しい！　感動の再会ぐらい綺麗に終わらせてこい！」

「……あっ」

アレンがジュナの背中を押す。

すると、ジュナは三角帽子を深く被り顔を隠そうとしたが、このままではいられないとおずおずと顔を上げた。

「……ひ、久しぶり」

「う、うん……」

どちらも気恥ずかしそうに顔を合わせる。

一人はナイフ片手に戦場に現れ、もう一人は戦場を動かすほどの魔術を持っている人間。そんな化け物とは思えないほど大人しく、どこか歳相応の女の子に見えた。

「……あ、あのさ。ありがと」

ペコリと、ジュナが頭を下げる。

「……私のために戦ってくれたって聞いた。だから、ありがと」

「えっ？　ぜ、全然だよ！　信徒を助けるのも聖女の役目だしね！」

「……前に会った時はシスター見習いだったのに」

「時は人を成長させるのです！」

何度か会話を交わしたからか、アイシャは緊張を見せず可愛らしく胸を張った。

それを見て、ジュナは思わず口元を緩めてしまう。

「それで、ジュナはこれからどうするの？」

真っ直ぐに、アイシャは柔らかな笑みを向ける。

すると、ジュナは一度アレンの方を見て――

「……王国に行く。あそこは、息がしやすい場所だから」

「そっか」

ふと、アイシャは昔のことを思い出した。

あんなに苦しそうな顔をして教会に通っていた女の子。そんな彼女から、こんな言葉が聞けた。

嬉しく思わないわけがない。とはいえ、そう言うと分かっていた。

分かっていたからこそ、アイシャはアレンに駆け寄って優しく胸を殴った。

「泣かせたら絶対に許さないからね！」

「おう、任せろ。こう見えて、俺は清廉潔白のジェントルマン――」

「泣かせたら闇討ちする」

「マジのトーンで言うのやめない？」

マジでやりそうな戦闘スタイルだから余計に怖かった。

「にしても、王妃様も手を貸してくれてたとはなぁ」

「ん？　なんじゃ話しかけんでもらおうかの。妾は今美少女と同じ空気に浸っておるんじゃ。こんな機会滅多にないわい！」

「……お礼ぐらい言わせろよマイペースな変態さん」

聖女、聖騎士、賢者の弟子、神童。

ある意味かなり豪華で滅多に見られない組み合わせがエレミスの性癖を刺激したのだろう。

先程から鼻血が止まらない。本来なら美人枠にいるはずなのに、どうにも同じカテゴリには見えなかった。

「んで、セリアの方は何してんの？　ついに子をこさえた？」

「私の初めてをもらった記憶がないのにそういうことを言うのは失礼ですよ、ご主人様」

「おっと、反応に困る返しをされたごめんなさい」

とはいえ、疑問に思うのも当然。

何せ、セリアが一緒に遊んでいるのは殴り合いになりかけた『チルドレン』の姉妹なのだから。

「この子達と戦ったあとから妙に懐かれてしまいまして……」

「お姉ちゃんすごかったから！」

「かっこよかったよかった」

「……只今、絶賛育児体験中です。子育てとはなんとも難しいのですね」

「これから本当の両親の下に返さないといけないのに、第一関門が親離れできるかどうかなのか……」

　二人だけではない。

　今回の戦争で、王国兵は多くの子供達を施設から解放した。

　親離れ云々は二人限定の問題だとしても、これから家に帰すミッションが残っているのは事実。

　どうしよっかなー、と。アレンは頭を掻いた。

　すると、クラリスが鼻血を垂らしながら——

「子供達については安心してもらおう。ちゃんとそれぞれの家に帰すよう手配してやる」

「あー、うん……ありがとうまずは鼻血を拭こうか」

　せっかく頼もしい発言をしたのに、鼻血がなんともだらしなかった。

「ご主人様」

　ふと、セリアが姉妹二人に絡まれながらアレンの袖を引っ張る。

「此度も、お疲れ様でした」

柔らかく、見惚れるような笑み。

アレンはそんな頼れる相棒の笑顔を見て――

「おうっ、セリアもお疲れさん」

ハッピーエンドらしい、清々しい笑みを返すのであった。

そして、別枠。

どこにでもいるような平凡な魔法士であるクランは、施設の外で澄み切った青空を見上げていた。

傍には八人の子供がおり、見上げるクランの手を何人かが不安そうに摑んでいる。

「さーて、これからどうすっかねー」

まずはどこに住んでいたかを聞いて、ちゃんと家まで送り届けるとして。

路銀やら食料やらを調達して、それから――

「……パパはプチ旅行に行ってくるってちゃんと言っておかないと娘に怒られそうだ

ぞぅー」

英雄（ヒーロー）になったのだから最後まで英雄（ヒーロー）でいよう。

しかし、そんな英雄（ヒーロー）の懸念は、路銀よりも我が家で待つ娘の機嫌であった。

エピローグ

さて、長い長い逃避行も終わってようやく王国に帰ってきたアレン達。

以前とは違って、忘れそうになるが帝国の第一皇女から褒美として領土の一部をもらえる。ちゃんと戦争をしたかと言われれば趣旨が途中から変わったので首を傾げそうになるが、戦争を終わらせたので約束は約束。

これで、遠征に出かけた分の帳尻はきっちり合わせられるだろう。

さらに——

「……おにいさまはハーレムじゃなくて最強美少女メイド軍団を作りたかったわけなんだね」

「おっと、新たな偏見によって俺の性癖が捏造されたぞ」

ウルミーラ王国、王城のアレンの一室にて。

妹のアリスは帰ってきた兄と遊ぼうとやって来たのだが、開口一番にそんな言葉が漏れてしまった。

まぁ、それは仕方ないのかもしれない。

何せ、アレンの部屋にはメイド服を着た女の子が二人もいるのだから。

「……メイド服、ヒラヒラ。ちょっと動き難(にく)い」

「いずれは慣れますよ。住めば都、着れば晴衣裳(はれいしょう)、ご主人様もきっと目を輝かせて鼻の下を伸ばすこと間違いないしです♪」

「俺さ、メイド服着てのプレイってあんまり好きじゃないんだよね……」

「あら、私は似合ってないと？」

「いえ、ぶっちゃけいつもめちゃくちゃ似合っております」

「ふふっ、そうですか」

セリアが即答を受けて上機嫌そうな笑みを浮かべる。

ただ一人、状況変化についていけないアリスだけは、ソファーに座りながら対面に座る兄に向かってジト目を向けた。

「……それで、なんで亡命した賢者のお弟子さんがメイド服を着てるの？」

此度の戦争の収穫……と言ってもいいのか分からないが、魔法国家から正式にジュナが王国へ亡命してきた。

元々捕虜の扱いだったが、王国はジュナを国民として受理。

セリア同様、この度晴れてジュナは弱小国家の一員となったのだ。

「なんでも、セリアがタダ飯食らいは許さないんだと。だったらメイドとして働けって」

「もう、メイド二人で国が落とせるんだけど……そこんところおにいさまはどう思う？」

「え、めちゃくちゃやばいと思ってる」

ジュナの話が大国四つに知れ渡ったら、迂闊に戦争など仕掛けて来られないだろう。

それぐらいのネームバリュー。ただでさえ魔術師のセリアと英雄と呼ばれるアレンがいるのだ。弱小国とは思えないほどの戦力である。

「いいですか、ジュナ様。メイドとして働くのであれば、私は先輩です。ご主人様と一緒にいられるようポジションに便宜を計らいましたが、ここからはそこのところのご理解をよろしくお願いします」

「……いえす、ぼす」

「あと、私が第一夫人です」

「……なるほど、先輩後輩の序列がここに表れる。先輩の命令には逆らえないので二番でも可」

後ろではいきなり反応し難い話題が。

アレンはあえてのスルー選択。そっとジュナが初めて淹れてくれた紅茶を一口飲んだ。

「おにいさまおにいさま」

「ん?」

「聞いたよー、セリアさんからいっぱい」

何の話だろう、と。アレンはニマニマしている妹を見て首を傾げる。

「帰ってくるの遅いなーって思ってたら、またまた英雄らしいことしてたんだね。うんうん、妹としては鼻が高いです！　今なら衝動的にハグしてあげたいぐらい♪」

「いつでもウェルカムだぞ、妹よ。兄妹のスキンシップのために俺はいつでも両手を空けている！」

「えー、その両手はもう枠が埋まってそうだし、私は背中でいいよ」

「いや、別に俺の両手は先約が入って――」

そう言いかけた時、ふと両手に柔らかい感触が訪れる。

右を向くと、そこには愛らしい笑みを浮かべて抱き着いているセリアの姿。反対側を見ると、いつもの端麗な顔立ちを見せながらしっかりと抱き着いているジュナの姿。

本当だ、両手が妹のスキンシップを受け入れる前に埋まってしまった。

「はい、もうこのポジションは私のものです♪」

「……後輩の私は余りものポジ。でもこれはこれで満足」

魔法国家が誇っていた最高戦力の二人。

それ以前に、誰もが目を引くような美少女と美女。

最近『し』の字も出てこない娼館では絶対にお目にかかれない美しい方々のスキンシップに、アレンは頬を引き攣らせてしまった。

その時――

「……アレン」

ジュナがアレンの腕を引っ張る。

そして、少しだけ頬を赤らめてしっかりと口にした。


「……ありがと、私を助けてくれて」


息苦しかった、楽しいこともなかった。

そんな女の子は、一緒にいたいと思えるような人とずっと座っていたい場所を見つけた。

もちろん、そこに至るまでに多くの困難があった。

しかし、姫様(ヒロイン)に手を差し伸べてくれた英雄(ヒーロー)によって、救われた。

それは、今この表情を見れば一目瞭然。

セリアも、アリスも、柔らかい笑みをジュナへ向ける。

そして、アレンもまた同じように笑みを見せるのであった――

「よかったよ、ちゃんと姫様(ヒロイン)を助け出せて」


これにて、無事閉幕。

客席の皆様はご退場ください。

囚われの姫様は、ハッピーエンドにて終了いたしました――


「いやーっ、疲れた疲れた！　長い戦争も終わって家に帰った瞬間、俺のお話は終了！　超有名人も加わって各国ビビってもう戦争なんて起こんねぇだろ！」

「おにいさま、ちょっとそれフラグ――」

「アレン、いるかい？」

　コンコン、と。ドアがノックされてロイが姿を現す。

　美少女美女二人に抱き着かれている弟を見て一瞬だけ苦笑いを見せたが、無視して軽く咳払いを一つ入れる。

　その姿を見て、何やら嫌な予感をヒシヒシと感じたアレンは頬を引き攣らせた。

「……なぁ、アリス。俺、さっきの発言を訂正したいんだけど」

「ちゃんと立てたフラグはおにいさまが回収して。私知らない」

　妹に見捨てられたお兄ちゃん。

　そして、そんな心が折れそうになるアレンへロイは容赦なく口にするのであった。

「連邦の黒軍服様よりお手紙が届いててさ……何やらこっちに別枠のお仲間が攻めてきてるってあるんだけど、様子見てきてくれないかな？」

アレンの動きは早かった。

即座に二人の腕を振り払い、脱兎(だっと)のごとく窓枠へと足をかける。

しかし、この場には魔術師が二人。

セリアが生み出した霞(かすみ)の腕がアレンの首根っこを摑(つか)み、最近覚えた『転移(テレポート)』でジュナが窓を閉めると、思わず英雄の口から変な声が漏れる。

「ぐぇっ!?」

「ふふっ、ご主人様」

そして、倒れ込んだアレンへ向けて、可愛(かわい)らしいメイドの相棒は口を開いた。

「帰ってきて早々ですが……どうやら、今回も戦争のようですよ」

「やだよもぉぉぉぉぉぉぉぉぉぉぉぉぉぉぉぉぉさっさとこの国出て隠居してぇぇぇぇぇぇぇぇぇぇぇぇぇぇぇぇぇぇぇぇぇぇぇぇぇぇぇっ！！！」

ウルミーラ王国、第二王子。

彼は今日もまた、戦争に愛されているご様子であった。

おまけストーリー　戦争が終わってのリベンジ

無事にお姫様は救い出せた。

初めは賢者の弟子であるジュナが捕虜になったことから始まり、レティア国と共に神聖国と戦争。その最中にジュナが魔法国家に連れ去られ、今度は神聖国と共に魔法国家が建てた施設へ乗り込み、レティア国とひと悶着あったものの、首謀者を倒してすべての幕は下ろされた。

あとは、それぞれの国に帰るだけ。

しかし、終わったからといって「はい、じゃあお疲れ様でした！」と、解散になるわけではない。

何せ、さっきのさっきまで走りっぱなしの戦争をしていたのだ。

これから歩け歩け大会を開いて帰宅する前に、一晩ぐらいは休ませてほしい。

そうでないと、帰り道に疲労感たっぷり滲ませながら愚痴のオンパレードだ。

というわけで、王国、レティア国、神聖国の三陣営は荒れ果てた施設から少し離れた場所でテントを張り、ゆっくりと休むことになった——

「っしゃ、お前らお風呂を覗くぞぉぉぉぉぉぉぉぉぉぉぉぉぉぉぉぉぉぉぉぉおっ！！！」

『『『しゃおらぁぁぁぁぁぁぁぁぁぁぁぁぁぁぁぁぁぁぁぁぁぁぁぁぁあっ！！！！！』』』


夜空の下に響くのは、そんな敬愛する馬鹿達の馬鹿な声。

お風呂のために設営したいつもの浴場施設の前にて、アレンは野郎共に囲まれていた。

そんな姿を軽蔑の籠った眼差しで見つめる、レティア国と神聖国から集った女性陣。なお、男性陣はどこか羨ましそうな眼差しを向けていたのだが……どうやら開き直る勇気がまだまだ足りないようだった。

そしてもちろん、その中には覗かれる側であろう和服美女の姿もあり――

「先のリベンジ、ということじゃな!?」

「あぁ、その通りだ！」

「ふっふっふ……滾ってくるわい」

流石は女性好き。この中に交ざってもなんの違和感もなかった。

「……なぁ、姫さん。俺、なんかこの光景に既視感を覚えるんだが」

一方で、少し離れた小岩に腰を下ろしてジト目を向けるスミノフ。戦闘にしか興味がない代わりに、王国唯一馬鹿に染まり切らなかった男だ。

　その横では、大きく溜め息をついて主人の枕を弄っているセリアと、膝を抱えて不思議そうに首を傾げるジュナの姿が。

「……既視感？」

「あなたがいない時に愉快なことが起こっていたんですよ」

「……流石、王国。とりあえず斜め上」

　やることが一般の常識を超えている。

　戦争中にお風呂覗き回があったことに、ジュナはひっそりと感心した。

「……覗きたいなら覗きたいって私に言ってくれればいいのに」

「正面から言ってくださると、私も堂々と脱いでみせるのですが」

「それを言えない大将だからなぁ」

　正面からお願いするのは気恥ずかしいからなどといった理由だろうか？　よく分からないスミノフは肩を竦めるばかりである。

「そういえば、この場には神聖国もいるだろ？」

　スミノフが辺りを見渡して首を傾げる。

「聖女様とかお付きの聖騎士とかどこ行ったんだ？　あんなの見れば、怒りそうなものなんだが……」

「あぁ、神聖国の方でしたら」

セリアが指を向ける。

その方向は敬愛する馬鹿共がいる方向で――


「アイシャ様の素晴らしき裸体が見られるというのであれば、私が見られることも吝かでは……ッ！」

「吝かだよ!?　なんでそっち枠にいるんだよもぉー！」


一緒に馬鹿共と溶け込んでいた。

「どこの国も大変だなぁ」

「まだ見ぬ帝国と連邦がどんな感じなのか気になるところですね」

「……アレンがいるところに集まると思う」

「なるほど、類は友を呼ぶ……ですか」

非常に的を射ているような気がしなくもない。

スミノフとセリアは、ジュナの言葉に酷く納得したような顔を見せた。

「んで、今回はどうするんだ、姫さん？」

スミノフがセリアに向かって尋ねる。

以前は阻止しようとしたところに魔法国家が現れ、止めることもなく事なきを得た。

しかし、今は戦争終了後。

何もしなければ、誰が止めることもなく馬鹿共はお風呂を覗こうと全力を尽くすだろう。

「無論、全力で潰します」

「……この流れも一緒なのか」

となると、自分は必然的にセリアの側。

なんで参戦が前提なのか？　戦闘狂(バトルジャンキー)にしては珍しく、戦うことの腰が重たかった。

とはいえ、このまま放置するとそれはそれで面倒。

何せ、一応自分は兵士長。上司のアレンがあんな感じで馬鹿になっている間は自分が手綱を締めないといけない。

この場には、神聖国やレティア国の人間もいるのだ。

これ以上の醜態を晒(さら)さないよう、自分が止める必要がある。

（めちゃくちゃ柄にもねぇことしてるぜ……）

だからこそやる気が出ないのだろう。

スミノフはガックリと肩を落として腰を上げた。

「ジュナ様はいかがなさいますか？」

「……アレンに裸を見せるのは可。でも、それ以外は嫌だから助太刀する」

「ふふっ、ありがとうございます」

「魔術師が二人……もうこれだけで一種の戦争だなぁ」

それぞれが手を止めて、馬鹿共が馬鹿な話で盛り上がっている場所へと足を進める。

その姿を視界の端に捉えたアレンが、薄(うっす)らと笑みを浮かべて向き直った。

「来ると思っていたぞ、セリア」

「ですから何故(なぜ)、この内容で格好をつけられるのですか……」

セリフだけ聞けば、今まさにダンジョンの最奥で待ち構えるライバルとの邂逅(かいこう)である。

「スミノフがそちら側に回ってしまったのは非常に意外だが……」

「おい、待てや大将。俺をそっち枠に入れんじゃねぇ！」

「しかし！　俺達には和服美女と聖騎士&聖女がいるッ！」

「待って、私をしれっとこっち枠に入れないでもらえる!?　私も覗き反対組合の人間なんだけど!?」

心外だと言わんばかりの反応を見せる兵士長と聖女。

確かに、自然と仲間扱いをされると抗議したくなるだろう……何せ、今から行おうとしているのは、紛(まご)うことなき変態の所業なのだから。

「ねぇー、クラリスやめてよー！　私の裸なんて見ても仕方ないってー！　グラマラス枠じゃないいし、私の体なんてお子ちゃま枠なんだからー！」

「[ですが（じゃが）そこがいいッッッ！！！」」

「待って誰だよ今クラリスに被せた変態さんは……ッ！」

和服美女じゃねぇかなぁ、という言葉をグッと堪えるアレン。仲間は流石に売れない精神であった。

「……アイシャ様、冷静に考えてください」

身内同士で揉めるのが嫌なのか、唯一馬鹿側でまともなアイシャにクラリスは神妙な顔を向ける。

アイシャは思わずたじろぎ、少しだけ視線を逸らした。

「な、なんだよぅ……」

「ここは一つ、話に乗ったフリをするのです。こいつらの目的は覗き……止めるためには、まず油断させせなければなりません」

確かに、お風呂場を覗く際は隙が生じる。

脳内メモリに楽園を焼き付けるために、必死に目の前へ意識を向けることだろう。

そうなれば、たとえ王国の英雄だろうが二対一でも圧し切れなかったエレミスですら倒せるはず。

首謀格二人が沈めば、王国兵だってきっと引き下がるに違いない。

普通にアレン達の耳に会話が届いているとはいえ、アイシャはクラリスの言葉に納得した。

「な、なるほど……確かにそうだね！」

「えぇ、ですからここは立ち向かうべきです！」

「よぅーし、頑張るぞかかって来い！」

「そして、油断させるために最後はアイシャ様がお風呂に入るのです！」

「うんっ、任せ――――私覗かれるの!?」

なんだこの茶番。

アレンとエレミスは横で見ていて不思議な気持ちになった。

「あいつら、戦力になりそうもないな」

「まぁ、美少女同士の揉めている姿も、見方によってはご褒美じゃて」

「ポジティブ精神、ありがとうございます」

「かっかっかー！　まぁ、時間も差し迫っておる……そろそろ始めようかの」

そうね、やるとしますか……なんて同意して拳を握るアレン。

横ではエレミスが刀に力を込め、周りの馬鹿共も雄叫(おたけ)びを上げる。

――――いよいよ臨戦態勢。

お風呂を覗きたい者と覗かれたくない者の戦いが、今ここに始まるッッッ！！！

「ちょっと待ってください」

そんな中、セリアが気合いに茶々を入れるかのように手を挙げた。

「おいおい、セリアよ……俺達の気合いに恐れおののくのは構わないが、今更何を言っても無駄さ。なぁ、エレミス？」

「その通りじゃて。今更何を言われようが、妾のこの溢れんばかりの下心は止まることはな――」

「いえ、そうではなく」

二人の言葉を気にする様子もなく、セリアは首を傾げる。

そして、さも不思議そうに口を開いたのであった。

「エレミス様は、覗かずとも同じお風呂に入れるのではないですか？」

その言葉は、ポジティブ精神旺盛な和服美女の思考を停止させるには充分なものだった。

「…………………」

今更ながらに思うが、いくら可愛く綺麗な女性が好きとはいえ、エレミスもまた同じ女性。

であれば、入浴するタイミングなど同じ。わざわざ己が見られるリスクを背負う必要もなく、覗くよりも近くで、堂々と見ることができる。

同性だからこその利点。アレン達とは決定的に違うメリット。

それを、ようやく、レティア国の王妃は理解してしまった。

「妾としたことが、なんという盲点……ッ！」

「お、おい……エレミス？」

「最短距離で合法的に美女美少女裸が見られるというのであれば、妾が選ぶ道はそっちじゃったッッッ！！！」

悔しそうに、悔いるように、エレミスは膝から崩れ落ちる。

その姿は、さながら最愛の人を手にかけてしまったことを思い出した兵士の如く。

……こんな姿では、もう戦えそうもない。

いや、むしろ己の過ちを取り戻すかのように反旗を翻してしまうだろう。

つまり――

「ふふっ、ご主人様」

がさり、と。セリアがアレンに向かって足を進める。

アレンは思わずたじろぎ、駄々をこねる子供みたいに首を振った。

「い、嫌だ……俺は、俺は……ッ！」

「さぁさぁ、これで主戦力はご主人様だけとなってしまったわけなのですが」

セリアの背後には、スミノフとジュナの姿。

対してこちらには揉めて戦力にならなそうな聖女と聖騎士、膝を突くエレミス。

王国兵すべてが後ろにいるものの……圧倒的戦力差。

理解したくない、退きたくない。

それでもセリアは容赦なく現実を口にし、突きつけてくる。

「果たして、ご主人様の願いは届くのでしょうか♪」

「ちくしょおおッッッ！！！」


その日は、しっかりと男女別で入浴を済ますことになった。

戦争が終わったからこそ、ちょっとした賑やかな時間もあったらしい。

ただ、王国兵は夜空の下で延々と正座をして一晩を過ごしたらしいのだが……これはまた余談である。

あとがき

お久しぶりです、楓原こうたです。

この度は、『弱小国家の英雄王子』の二巻をお手に取っていただきありがとうございます！

第二巻、いかがだったでしょうか？

王国、レティア国、神聖国、魔法国家。

いろいろな国が出てきましたが、今回はお姫様に関する戦争のお話です。

どこかの国の王族……というわけではなく、誰かにとっての誰かのお話のお姫様。最初から最後まで、すべてがその子のための物語です。

魔法国家の最大戦力である賢者の弟子であるジュナ。

彼女は鉱山での戦争で得た捕虜の一人で、アレンを酷く気に入っておりました。

初めは「……この子、どうしよ？」と思っていたのですが、二巻の構成を考えている間に「これだァ！！！」となったのを今でも覚えております。

……まぁ、一巻の最後に次のお話の匂わせをしてしまったので必然ではあったのですが（汗）

　ここで一つ、今回の巻の振り返りも兼ねてジュナのことについてお話ししようと思います。


　魔法国家のトップに座る賢者。

　ジュナは、その賢者が生み出した最高傑作です。


　一括りに纏めれば『賢者に次ぐ魔法の天才』。見た魔法はだいたい一日もあれば覚えてしまうという化け物じみた才能を有しており、魔法を学んで僅か数年で魔法士の頂である魔術師にまで至ってしまうほど。

　戦力としては充分。同じ魔法を学ぶ者からは嫉妬や羨望の対象であったのと同時に、魔術師からはよき素体でもありました。

　そんな魔法国家は本当に息苦しい場所で、ジュナは毎日の日々に退屈していました。

　そこで初めて会ったのが、聖女となる前のアイシャです。

　自分から一線を引いて関わってくる周囲とは違い、アイシャだけは彼女を彼女として一線を引かず接します。

　ジュナにとっては、新鮮この上なかったはず。

　信徒として教会に通い詰めていたのも、きっと彼女の存在が大きかったのでしょう。

そして、なんといってもジュナの心を大きく動かしたのは王国の英雄であるアレンです。

誰かのために拳を握れる。変わった性格の中に見せる優しさと、自分を高揚させてくれるほどの圧倒的戦闘センス。

ジュナはアレンと拳を交わしただけで惹かれてしまいました。

だからこそ、ジュナの中ではアレンの存在が大きく、自分の身よりもアレンを優先してしまいます。


魔法国家で生まれた研究成果。

それ故に生まれた人らしい感情。


お姫様らしいお淑やかな性格も、可愛らしい行動もありませんが、間違いなくヒロインとして充分なキャラクターでした。

だからこそ、アレン達が一巻を通じて救おうとしたのだと思います。

セリアも過去の研究から生まれたトラウマや被害者と接触し、正ヒロインとして少しは成長してくれたのではないのでしょうか？

もちろん、ジュナ達だけではなく他のキャラクター達も活躍してくれました。

レティア国の王妃であるエレミス。部類の女好きであり、帝国の第一皇女のリゼが同盟を結ぼうとした相手。剣術のみだけで言えば、帝国の象徴である剣聖にも匹敵するほどの実力を持っております。

最初から最後まで友人のために拳を握り続けた、神聖国の聖女であるアイシャ。心優しく、お茶目でおっちょこちょいで可愛らしい姿を見せることもありますが、かつて登場したソフィアとは違ってナイフを使った戦闘に長けています。

アレンには通じてはいなかったですが、エレミスと互角に渡り合えたことからかなりの実力を持っていることが分かります。

そんな二人も、最後までお姫様を助けるために拳を握ってくれました。

一度、一人の女の子のために一巻丸々動くお話を書いてみたかったのですが……書かせてもらって本当に満足しており、大変嬉しいです。

長々と書かせていただきましたが、最後に改めて。

『弱小国家の英雄王子』の第二巻、お手に取っていただいた読者の皆様、ありがとうございます。

担当してくださった編集様、今回も可愛くかっこいいイラストを描いてくださったトモゼロ先生、出版に携わっていただいた関係者の皆様も、本当にありがとうございます。

次巻でもお会いできる機会があることを、心より願っております。

弱小国家の英雄王子 2
～最強の魔術師だけど、さっさと国出て自由に生きてぇぇ！～

発　　行　2024年5月25日　初版第一刷発行

著　　者　楓原こうた
発 行 者　永田勝治
発 行 所　株式会社オーバーラップ
〒141-0031　東京都品川区西五反田 8-1-5
校正・DTP　株式会社鷗来堂
印刷・製本　大日本印刷株式会社

Printed in Japan　ISBN 978-4-8240-0823-7 C0193